螳螂——咖啡店的故事

潘宙——著
Phan Trụ

自序　咖啡店背後的故事

過去這一、兩年，我持續在越南一份華文報紙發表作品，寫著寫著，竟然寫成了這本書，自己也感到意外。

幾十年前內戰時期，南越西貢有十幾家華文報社，戰後全部停刊，這幾十年來，越南全國只剩下一份《西貢解放日報》。

從十幾份報紙一下子縮減成一份，加上戰後長期與世界主流華人圈不通往來，越華子弟的母語能力急劇下降，一、兩個世代之後的今天，即使已經開放了，受損的母語能力仍未恢復，戰時培養出來的那一代華人作者已凋零殆盡，年輕的華人只有極少數可以用母語寫作，其中寫得好的就更是鳳毛麟角了。

《解放日報》也有副刊，稱為「文藝版」，讓那些少數可以用母語寫作的華人發表一點作品，每星期只有一版，篇幅有限，不能容納太長的文章，相較於戰時的十多份華文報刊，今天越華作者的寫作環境可說十分窘迫，也很難培養出優秀的寫作人才。文藝版刊登的散文小說，從用字遣詞一看就知道，很多作者來自中國大陸，估計是在越南工作的中國人吧，越華作者寫散文的很少，寫小說的更是寥寥無幾。

眼看著越華文藝創作淪落到這個地步，我其實是非常憂慮的，心想如果文藝版刊登一些有水準的作品，讓讀者重新享受閱讀的樂趣，說不定可以激發更多人來投稿，從而提升寫作能力，我因此想到把自己的文章投給文藝版，我出過兩、三本書，在越南的華人作者也略知我的名字，但考慮到我一向的寫作題材、風格都和《解放日報》大異其趣，所以即使投稿，也應盡量保持低調。

大約兩年前，文藝版換了主編，有點新人新作風的意思，趁這個機會，我透過朋友的穿針引線，用筆名「沈璞」開了個電郵帳號，三不五時寫些短文投給文藝版，文藝版主編卻不知道我的真實身分。這幾位朋友和我素未謀面，卻出了不少力，可惜不方便提他們的名字，只能在這裡表達謝意。

一週才一次的文藝版，除了散文、短詩，最多也只能刊登一些極短篇。在發表了幾篇散文之後，我偶爾寫了一個以咖啡店為背景的極短篇，然後一個想法冒了出來：越南人是喜歡喝咖啡的，咖啡店無處不在，大小不等、格調不等、價位不等、咖啡好喝程度不等，人們在咖啡店約會、分手、爭吵、重逢、敘舊、回憶、寫作、看書、發呆、談生意……，每一個坐在咖啡店的人都有一個（通常不只一個）

故事，甚至咖啡店、建築物本身，都有著等待人們去發掘的歷史，等待被述說的故事。我何不試著把這些極短篇寫成一個系列，故事內容都和咖啡店有關，看看能寫多少篇？

就這樣，《咖啡店的故事》開始在《解放日報》的文藝版出現。文藝版固然篇幅有限，但收到的來稿應該也不很多，我投去的稿子，通常十天半月就會見報，差不多每兩、三星期刊出一篇，因為篇幅關係，每一篇都盡量控制在兩千五百字之內。我以前很少寫極短篇，這也算是有個練習的機會。

兩千字左右的極短篇並不難寫，有了故事梗概，一、兩天即可完成一篇，每篇各自獨立，情節可能互有呼應的，則在事後修正、潤飾、補充，例如在文藝版發表時，有幾篇提到咖啡店對面的一家麥當勞，我後來查過資料才知道：麥當勞要到二〇一四年才在越南開第一家分店，儘管這在小說中不是什麼大問題，出書時我還是把麥當勞改成了肯德基，以免和小說中的年份背景出現衝突，並不是換了廣告贊助商。

既然我的寫作題材、風格都和《解放日報》迥異，有的內容自然不怎麼適合在文藝版刊出，《咖啡店的故事》系列只有一半左右刊於文藝版，另一半則多數從未公開發表，我選了其中六篇內容互有關聯的，串成一個短篇，仍以〈咖啡店的故事〉為名，投給北美《世界日報》。

一年之內，《咖啡店的故事》在《解放日報》刊登了約二十篇，一度引起越華文壇的注意，「沈璞是誰？」也成為越華作者喝咖啡時討論的話題（甚至有人認定「沈璞」是另一位作者的筆名，並為此打賭下注云云），如今結集出書之後，我也不好意思繼續霸占越華作者寶貴的文藝版創作空間，不過我發現近來好像有幾位作者開始寫作篇幅長一點、文宣腔調也沒那麼重的小說，這是好事，希望這是一個新的起點，可以為沉寂的越南華文創作帶來新氣象吧。

和我以前的幾本書相比，這一本的篇幅和格局都較小，是名副其實的小書。一年時間意外寫成一本小書，也有點小小的感悟：能自由地、不受束縛地寫作，是多麼幸福的事。

目次

輯六

輯一

錯過

「怎麼走到這裡來了？」他嘀咕著。

「這裡」是一間咖啡店，「她的」咖啡店。和她分手之後，他便有意避開和她有關的一切：她的朋友、她上班的地區、她日常的動線……。最初是她帶他來這裡喝咖啡的，所以也算是她的地方，每次經過這附近，他都會小心地繞道而行，剛才在路上他心有旁騖，想著別的事情，沒有注意，在十字路口紅綠燈停下來時，才發覺咖啡店就在前面。

既然來到了，就進去坐坐吧，反正還有一點時間。

咖啡店這兩、三年來沒什麼改變，桌椅的位置、牆上的裝飾都和以前一樣，也和以前一樣生意清淡，他進來時店裡只有另一個男人，面前一杯咖啡，低著頭滑手機。

他本能地來到以前常坐的角落，一張對著玻璃窗的桌子，他和她以前就這樣依偎著坐一個下午，叫兩份甜點，看外面的街景，說些毫無意義的戀人絮語。

外面的景色沒多大變化，只是馬路另一邊的行人道上，以前有棵大樹，現在不見了，是被砍掉了嗎？那樣一棵樹礙著誰了，為什麼要砍掉呢？

看店的也是以前那個老闆，其貌不揚，話也不多說一句。他其實不肯定他是不是老闆，好像沒見過有其他的服務生，反正客人不多，一個人也應付得來。

他叫了一杯咖啡。以前約會都是他等她，常常要等上半個小時，但他一點也不介意，他是個隨和的人，本可以跟她天長地久下去的，是她提出要分手，也沒什麼特別原因，只是覺得有點累了，膩了，或者用她的話說：他們「緣盡」了。

咖啡剛剛喝完，老闆就把帳單送上來。他有點意外：他還沒叫買單呀。如果店裡人多，老闆用這個方法催客人結帳離開，他可以理解；但店裡只兩個人，何必趕他走？也許老闆搞錯了？也許他剛剛舉起手掠頭髮還是什麼，老闆以為他招手要帳單？

但他懶得解釋，他本來也沒打算坐太久，還有別的事要辦，咖啡也喝完了，走就走吧。他出門時，另外那個男人還在垂頭滑手機。他不知道以後還會不會再來這裡喝咖啡，也許不會了，這裡有太多和她有關的回憶。他和她相遇相戀過，有過一段美好的日子，但那都已經過去了。他們走上不同的路，通往不同的方向，他們的人生已不再有交集。她說的緣盡，就是這個意思吧。有的人，一錯過了，就是一輩子。

秋陽似酒，他孤單的背影隱沒在街上的人潮中。

❖ ❖ ❖

她推開咖啡店的門，滑手機的男人抬起頭，露出笑容。

「等了好久？」她在他對面坐下來，看看四周：「今天好清靜，只有你一個人。」

「這裡什麼時候不清靜過？」他說：「也不是只有我，那邊還有一……咦，不在了，什麼時候走的？他才進來沒多久嘛……」

她轉過頭，看見咖啡店另一邊，她和他以前常坐的角落，玻璃窗旁的一張桌子上，擱著一只空咖啡杯，而喝咖啡的人已經離開了。

❖ ❖ ❖

咖啡店老闆把空杯子收去，轉身時不著痕跡地看了她一眼，她當然不會知道：這個空杯子剛剛就握在她前男友的手中。好險，老闆心想：只要遲個兩、三分鐘，他們倆就會碰上了，他從來不會用這種方式趕走客人，客人在他的店裡坐多久都沒關係，但今天是特別情況，分了手的情人在以前約會的地方重逢，其中一個還有了新的伴侶，肥皂劇情節般的場面，在現實中發生可能是極不愉快的，他本來還以為男的知道那兩人在這裡約會，存心要來鬧事，但他看了帳單，沒說什麼就付錢離開，可以證明他是不知情的，這樣也好，既然已經分手了，最好還是不要再見面了吧。

安靜的咖啡店裡，一對情人依偎著，沉醉在只屬於他們倆的美好時光。

歲月

放學後，他走在她前面，經過一家咖啡店的時候，他停了下來。

「看什麼？」她跟上來，站在他旁邊。咖啡店裡靠玻璃窗的桌子旁坐著一對年輕男女，男的戴眼鏡，女的長髮披肩，聽不見他們在說什麼，但兩人都笑得很開心。

「你知道我在想什麼嗎？」他問。

「我怎麼知道？」

「我在想，」他慢吞吞地說：「有一天我也要和你坐在一起喝咖啡，像他們這樣。」

「討厭！」她驀地紅了臉，一拳捶在他肩膀上，轉身飛奔而去，校服的藍色裙裾在風中飛揚，人行道上灑滿一地的陽光，他摸摸肩膀，笑得像陽光一樣燦爛。

❖ ❖ ❖

外面陽光普照，他們坐在靠窗的位子上，這是放學的時候，外面有穿校服的中學生走過。她說：「很多年前，有個小男生說，有一天要和我一起喝咖啡，」她的眼光柔和如水：「就像我們現在這樣。」

「很多年前？」他推推鼻樑上的眼鏡：「那時你才多大？」

「剛上中學吧。」

「那個小男生去了哪裡？」

「不知道。」她掠掠披肩的長髮：「好多年都沒有他的消息了。」

「想念他嗎？」

「一點點。」

「他也許沒能陪你，可是有我呢。我會一直陪你喝咖啡。」

「直到永遠？」她偏頭看著他。

「直到永遠。」他握緊了她的手。

❖　❖　❖

咖啡店裡只有他們倆。外面風和日麗，這樣的天氣叫人慵懶得什麼也不想做，只想像隻貓那樣蜷起身子睡懶覺。

「他說過，會陪我喝咖啡，直到永遠。」她的聲音低到幾乎聽不見。

他沒說什麼。他一向話不多。

「你也會這樣說嗎？」

「說什麼？」

「陪我喝咖啡，直到永遠。」

「你知道我不會。輕諾者寡信，我不會輕易許下我沒把握能實現的諾言。」

「即使只是哄我開心也不行？」

「曾經哄你開心的那個人呢？現在怎樣了？」

「不知道。」她輕輕嘆息：「好久沒有他的消息了。」

❖　❖　❖

她坐在咖啡店一個角落裡，髮白如霜。那邊靠窗的座位是一對年輕戀人，聽不見他們在說什麼，只不時傳來幾聲輕笑。另一張靠門的桌子明明沒人，咖啡店老闆卻把一杯咖啡放在桌子上，剛泡好的咖啡冒著絲絲熱氣。

外面陽光明媚，是放學的時候吧，一個路過的小男生停下來，隔著玻璃窗往店裡看，另一個女生跟上來，站在他身邊，小男生不知說了什麼，女生的臉一下子紅了，在他肩膀上捶了一拳，轉身跑開。

他捧著兩杯咖啡回來，在她身邊坐下。她轉頭看他，似曾相識的臉，卻記不起他是誰，只好靦腆地笑笑。

「認得我嗎？」他輕聲問。

她專注地打量他一會，審視他頭上的白髮、臉上的皺紋，還是不很肯定地說：「你……陪我喝咖啡？」

「是的，」他的笑容溫暖如陽光：「我陪你喝咖啡。你願意的話，我可以每天都陪你喝咖啡，好不好？」

她點點頭，開心地笑了。他彷彿又看到年輕時長髮披肩的她。

不知道從哪裡傳來一首舊日的戀曲：

等到老去那一天，你是否還在我身邊

看那些誓言謊言，隨往事慢慢飄散

多少人曾愛慕你年輕時的容顏
可知誰願承受歲月無情的變遷
多少人曾在你生命中……

照片

「真是近乎完美的作品！」她暗暗讚嘆。

作品是她自己拍攝的照片，一對男女的側面，地點是一家咖啡店，貌似情侶的兩人，坐在咖啡店靠窗的一個角落，從背景的窗玻璃可以看見外面下著小雨，兩人正在談笑，男的微微低著頭，注視著手中散著熱氣的一杯咖啡，女的坐他對面，一手托腮，注視著他，眼神中有無限情意，完全是個沉浸在愛情中的幸福女性。

她常常這樣在一些公眾地方拍攝路人的照片，在人人都用手機拍照，照相館、沖晒店已被淘汰的時代，仍然有像她這樣為數不是很多的專業攝影師，堅持使用傳統的相機、傳統的方式沖晒照片。她鏡頭下的對象多半是不知情的，這樣拍出來的人物神態才更自然、更有真實感，但這張照片拍得這樣滿意，她不禁想找到那一對戀人，把照片送給他們，為他們這段戀情留下一份美好的紀念。

她回到那家咖啡店，情侶們通常都有一定的約會地點，一個兩人都喜愛的、適合談心事的地方，她相信只要在咖啡店等著，遲早是會碰到他們的，那時她就可以把放大的照片當面交給他們，想到他們看見照片時的驚喜表情，她的唇角不自覺泛起微笑。

但去了兩、三次，都不見他們出現，她索性每天到咖啡店守株待兔，枯候了一、兩個禮拜還是一無所獲，她大惑不解，只好私家偵探似的向咖啡店老闆出示那張照片，打聽有關這對情侶的消息。老闆對著照片看了半天，最後還是搖頭說：「認不出來。應該不是常客。」

她很失望，老闆建議她把照片留下，裝框掛在牆上，這樣萬一那對情侶有機會再來，或者有認得他們的什麼人看見照片，就可以聯絡上了。她覺得這不失為一個可行的辦法，便留下了照片和自己的聯絡電話，之後一有空就到咖啡店打探，但只看到照片掛在牆上，照片裡的人一直杳無音訊。

結果過了大半年，她才接到老闆的電話。有人看見了那張照片，約了她在咖啡店見面。

她依時赴約，看看咖啡店的牆上，「咦，照片呢？你給人家帶走了？」

「沒有。她叫我先收下來，見了你再說。」老闆望著她背後：「她來了。」

她回過頭，就見到了照片中的女子。

照片為什麼會出現在咖啡店的牆上，老闆已跟她解釋過了。

「我看見照片，嚇了一跳，馬上叫老闆把照片收好。」

她喝了一口咖啡，隱隱覺得事情並不如她原先想像的那樣，便不開口，等對方說下去。

「光看照片，好像我跟他有什麼……」那張照片就在她們面前的桌子上：「其實不是那樣的。」

他們倆是中學同學，已經好多年沒聯絡了，那天在街上不期而遇，不巧又下著雨，便就近找了個咖啡店敘舊。「那時他都已經訂婚了，」她說：「婚禮剛剛上星期六才舉行。」

「原來是這樣啊……」

「照片放在這裡好久了嗎？幸好沒被人認出來，要不然的話，恐怕會惹出不少麻煩呢。」

女子離開後，她仍坐在店裡，若有所思。

「搞了半天，原來人家只是普通朋友啊。」客人不多，閒著沒事的老闆乾脆坐了下來。

「也不完全是。」她說：「她暗戀他好多年了，可能從中學時開始的。」

「她告訴你的？」

「不需要她說，從我拍的照片就看得出來。和暗戀的對象久別重逢，她埋藏已久的情意一下子猝不及防被釋放出來，所以她的眼神那樣溫柔、她的臉那樣容光煥發、那樣……洋溢著幸福感。他也許察覺了，也許沒有，也許他對她沒有同樣的感覺，而且他已經訂了婚——應該是我拍了照片之後他才對她透露的，所以他們的故事在你的咖啡店開始，也在你的咖啡店結束。」

老闆嘆了一口氣。「這都是你想像出來的吧？」

「不會錯的。因為她說，他剛剛上週六結婚了。」

「所以……？」

「你不就是上週六給我電話的嗎？」

「那天她來，看到牆上的照片，問起我……」

「這就對了。才聯絡上的老同學結婚那天，她不去喝喜酒，幹嘛跑來你的咖啡店？因為這是他們倆唯一一次單獨約會的地方——當然也算不上約會；但這是唯一一個可以讓她想起他的地方，所以她是來憑弔的，憑弔一段沒有結果的戀情。」

「好像有點道理。」老闆點點頭。「照片呢？」

「送給她了。」不過她應該不會掛在自己家裡的牆上吧，她會小心地收藏起來，一如收藏起對他的愛意。有一個短暫的瞬間，那愛意曾不可遏止的流露出來，而被一個剛好在場的攝影師記錄了下來。

盟誓

他們並肩坐在咖啡店裡。

「對面以前也是一家咖啡店喔。」他告訴她。

「對面？哪一間？肯德基？」

「不，是肯德基旁邊的旅行社。」

「那間旅行社在那裡十幾年了喔，」她說：「你說的咖啡店是多久以前的事？」

「五十多年前了。有這樣一個故事……」

他說起那個故事：一對年輕愛侶常常在那裡喝咖啡談心，後來她被家裡送到台灣念書，他說他會等她回來。

「他們最後一次在咖啡店見面，是……嗯，今天幾號？二十七？好，就當是二十七號吧，於是他跟她約定：你離去後，每個月的二十七號我都會來這裡，同一時

間，坐在同一個位子，想你，直到你回來。」

「是二十七號嗎？不是三十或者三十一？」

「什麼意思？」他不解：「我也不知道是哪一天，只是隨便說個日子。」

「三十號的話，」她一本正經：「二月份他就可以不用來了，三十一號更好，一年有五個月他都不用呆在咖啡店想她了。」

「什麼跟什麼啦，」他也忍不住笑：「這是個浪漫故事，你不要殺風景好不好？——總之他們就分開了，幾十年前，連電話都不普遍，長途電話更是奢侈，分隔兩地的他們倆只能靠寫信聯繫。」

「寫信啊，不錯那是很浪漫，可惜現在都沒人用紙筆寫信了。」她說：「後來呢？」

「後來過了一年多，她趁放假的時候回來，要給他個驚喜，所以事先不告訴他，等到……幾號？對，二十七號，她等到那天才突然出現在咖啡店……」

「可是……咖啡店已經關了？」

「才不是呢，咖啡店還在，她坐在他們分手那天的同一個位子，等了四個小時，他始終沒露面。」

「嗯。」她一點都不驚訝，彷彿早已知道會是這樣：「殺風景的不是我吧。後來呢？」
「沒有後來了，她縮短了假期，回台灣繼續念書，再也沒有跟他聯絡。」
「所以這個故事的道德訓示是什麼？千萬不要相信男人的甜言蜜語？不要隨便許下你無法兌現的承諾？」
「你為什麼肯定是他不對呢？你不想知道他為什麼沒有出現嗎？」
「他能有什麼好的藉口？——啊呀，難道他被車撞倒，死了？」
「不是啦，那天他病了，感冒、發高燒，在床上躺了兩、三天，他想：反正一個月不去也沒關係吧。可她偏偏就在那個月回來了。」
「太巧了，小說情節一樣，一定不是真的。」
「你不知道現實有時比小說情節更離奇嗎？」
她半天沒說話，然後忽然一拍桌子：「不對！」
他嚇了一跳，「什麼不對？」
「你說她回來沒見著他，然後就沒再和他聯絡，是吧？」
「是呀。」
「這就不對了。無論你從哪一方聽來的這個故事，都必定只是一面之詞，如果從男方這邊聽來的，就不可能知道她偷偷回來、要給他驚喜這一部分；如果從女方聽來的呢，就不會知道他當時生病躺在床上……」
「有道理。」他不住點頭：「你果然心思慎密、頭腦清晰。」
「當然，我的推理小說可不是白看的。」
「其實他知道她回來過，但那是一個月後的事了。」他說：「他每個月同一天都到咖啡店坐，又坐在同一個位子，店主當然注意到了，然後有一個月他沒出現，另一個女子卻坐在他的位子，下個月他又回來時，店主自然就會跟他提起，他正在納悶為什麼忽然沒再收到她的來信，這時一切都明白了，但已經太遲，她已經決定和他斷絕一切聯繫……」
「這也未免太……。」她搖搖頭：「他沒有機會跟她解釋？」
「她沒給他機會。他寄了好多信給她，都沒有回音，一個人要是存心避開你，你能怎麼辦？那時又沒有現在這麼多社交網，她畢業後留在台灣，他們再也沒有見過面。」
她長嘆一聲。「故事的男主角……是你的什麼人？」
「是我舅公，剛剛上個月去世了，肝癌。」
「是他要你找到她，把真相說出來？」
「他沒有這個意思。都過了這麼多年，他已無所謂了。」

她沉默了半天，才說：「還是不對。我們來案件重組一下：他病好後，來到咖啡店，店主告訴他你上個月沒來的時候，有個女生就坐在你的位子……，可是他怎麼知道她是故意不通知他、要給他個驚喜呢？」

「這個……想當然的吧，還能有別的解釋嗎？」

「如果……」她緩緩說：「如果她是要跟他分手呢？」

推理小說的讀者果然頭腦特別靈活，他驚訝得說不出話來。

「可能她在那邊念書時有了新的男朋友，所以趁假期回來跟他說清楚，本來她心裡還有點內疚的，但在咖啡店等了幾個小時都不見他出現，她想：原來你也沒把我當回事，原來每個月來這裡想我只是隨口說的，這樣一想，她就心安理得了，就算後來看過他的信、聽過他的解釋，也不能改變既定的事實：她早就變心了。」

這回輪到他沉默不語，好一會才說：「可惜……真相是什麼，我們永遠不會知道了。」

到底是他辜負了她，還是她背叛了他？半個世紀前的感情懸案，到頭來還是因為證據不足，無法偵破。她沒再說什麼，靜靜看著馬路對面那家旅行社，彷彿看到五十多年前的咖啡店，看到坐在那裡的一對情侶，交換著山盟海誓。

他們以為可以天長地久的山盟海誓，結果只維持了一年半載。

賀新郎

雄叔是舅舅的死黨，在我出生之前他就去了加拿大。我記得小時候常常收到他給我的禮物，他每隔幾個月就會寄個包裹給舅舅，一定不忘順便放一、兩件小玩具進去，說明是給我的，還隨著我的年齡增長而調整：毛公仔、洋娃娃、拼圖遊戲，還有美麗的衣裙。我媽常跟舅舅說：「阿雄在外國，掙錢也不容易，你叫他有錢就省下做老婆本吧，別老寄東西給小孩了！」不知道舅舅有沒有這樣和雄叔說，但我還是繼續收到他寄來的禮物。

不過那些東西顯然並沒耽誤雄叔的老婆本，我八歲還是九歲那年他第一次回來探親，就帶著他的太太。雄叔身型魁梧，人也開朗健談，和個頭小、話又不多的舅舅成了強烈的對比。我私下跟我媽說：兩個外型性格截然不同的人居然會成為莫逆之交，真是不可思議。

舅舅也結過婚的，但那段婚姻只維持了一、兩年，之後他就一直獨身。雄叔後來又回來過很多次，跟著他回來的除了他太太之外，漸漸又多了一、兩個小孩。他每次回來都停留不短的時間，除了四處遊山玩水，多半都和舅舅到我們家附近的咖啡店一起喝咖啡，聊他們的文青歲月。

這樣又過了好多年，自從新冠肺炎疫情爆發，雄叔就沒有再回來。差不多同時，舅舅驗出患了末期肝癌，我們把他接回來就近照顧，最後這幾個月舅舅顯得很平靜，精神比較好的時候就整理他的東西，要我幫忙丟掉一些沒有用的雜物，或燒掉一些私人信件。

他取出兩大箱舊信，包括過年過節和國外親友互相寄送的賀卡，都是好多年前的，近十年來已經沒有人再寄出紙製的賀卡了。舅舅把一張張信紙卡片丟進熊熊的火盆，臉上沒有表情，倒是我在一旁覺得有點不忍，像看著他親手燒掉他的一生，燒掉他有過的夢想與抱負，燒掉他的歡欣和失落、遺憾和悔疚，燒掉我們從來沒有機會認識的一部分的他。

信還沒燒到一半，舅舅就感到累了，我扶他回床上休息，然後把剩下的信放到一邊等改天再燒。那疊信的最上面是一張卡片，祝賀舅舅新婚的，我隨手拿起來看，一張紙從卡片裡面掉了出來，我撿起來，先看署名：是雄叔，紙上是手抄的一闕詞：

小酌荼蘼釀。喜今朝，釵光鬢影，燈前滉漾。隔著屏風喧笑語，報到雀翅初上。又悄把、檀奴偷相，撲朔雌雄渾不辨，但臨風私取春弓量。送爾去，揭鴛帳。

這闋詞我讀過，作者是清朝的陳維崧，是祝賀好友徐紫雲新婚而寫的，雄叔只抄了上半闋。

舅舅結婚時我還小，卻也依稀記得，真的是釵光鬢影、笑語喧嚷，但他的前妻早已和我們失去聯絡了，她的長相在我的記憶中也已非常模糊。我不勝唏嘘，默然把紙仍舊夾進卡片裡。回到舅舅床邊，我問：「你要不要和雄叔通個電話？視像電話，你們可以面對面聊天。」「算了。」舅舅想了想，搖頭說：「我這個樣子，還是不要讓他看見的好。」

我們家附近的咖啡店，以前舅舅和雄叔常光顧的，因為疫情而停業幾個月，現在又重開了，客人不多，我進去坐了一會，想到舅舅和雄叔，想到雄叔手抄的那闋賀新郎詞，這首詞我至今仍能背誦無誤，因為詞牌曲牌通常都和詞曲的內容沒有關係，只有這一首，詞牌是賀新郎，內容也是賀新郎，我覺得有意思，因此記住了，雄叔沒抄出來的下半闕是：

……六年孤館相偎傍。最難忘，紅蕤枕畔，淚花輕颺。了爾一生花燭事，宛轉婦隨夫唱。努力做、稾砧模樣。只我羅衾寒似鐵，擁桃笙難得紗窗亮。休為我，再惆悵。

整首詞的意思很明顯，尤其是下半闕，陳維崧叮囑同性戀人徐紫雲：你我的關係就到此為止，婚後要好好扮演俗世所期望於你的丈夫角色，不要再惦記著我了。這樣深情的句子，就是異性戀者也未必寫得出來。我不能想像雄叔抄寫這首詞時，是怎樣的心情？舅舅的新婚妻子有沒有看到？她又能不能讀出其中的含意呢？

三個星期後舅舅走了，走前燒光了所有私人的信件，包括雄叔那張賀卡、賀卡裡那張手抄的賀新郎。他只留給我一張他和雄叔的合照：「給你做個紀念。」照片上十七、八歲的兩個少年，笑得那樣開朗，彷彿對未來的人生充滿了無限美好的憧憬。

我透過社交網通知了雄叔，他回了幾句安慰的話，又說他下次回來再給舅舅上炷香，但那得是疫情告一段落、解除旅遊管制之後的事了。

世界

他已經好多年沒見過這個樣子的她了。

她坐在靠窗的位子，微微側著頭，一手托腮，另一手用調羹攪拌著杯中的咖啡，就像很多年前和他泡咖啡館的時候一樣。

年輕時他們倆都沒什麼錢，在一起的時候都是到咖啡店坐坐，聊聊天，聊他們認識的人，聊讀過的書、看過的電影，聊彼此的童年，聊喜歡吃的東西，聊夢想，聊外面廣大的世界。

那個時候她的眼睛總是閃著光，他在那柔和的眼光中看到憧憬、看到信念、看到他們的未來。

她總是說：幾時有錢了，我要去環遊世界。而他就會說：等我賺了錢，就帶你去環遊世界，去日本看櫻花，去匈牙利看藍色多瑙河，去加拿大看漫山遍野的紅葉，去拉斯維加斯看紙醉金迷……，從不覺得那是個無法實現的夢想。

婚後孩子一個接一個出生，他們都希望孩子能在傳統的家庭環境中長大，她便辭去工作，專心在家做家務、帶孩子，不過這也意味著他的負擔更重了，常常得超時工作，有時週末加班也不捨得錯過，在家的時候他都是筋疲力盡，但看到她把家打理得井井有條，孩子們健康快樂的成長，每月該付的帳單也從沒拖欠過，他覺得自己再辛苦也是值得的。

只是他倆再沒有機會去泡咖啡店了，一起喝咖啡也只有每週一、兩次早餐桌上的短暫機會，喝咖啡時他們很少交談，偶爾幾句也都是關於孩子的功課、物價、親戚婚喪紅白禮金要給多少等等。

她沒再說過環遊世界的事。他們現在已經有能力到歐洲美洲走走了，他也建議過一、兩次，一家人出國旅行，但她表現得興趣缺缺，總是有藉口，說孩子太小、加拿大太冷、拉斯維加斯太熱、旅行團太匆忙、機場出入境太麻煩⋯⋯，他聽得出那些都只是藉口，但也不想勉強她，這兩年因為新冠肺炎肆虐，旅行的事索性就不再提起了。

而現在，她坐在咖啡店裡，微微偏著頭，攪拌著杯中的咖啡，她的眼光又變得柔和起來，他看著她，不禁眼眶一熱，彷彿穿越十多年的時空，又看見了年輕時候的她，和他一起泡咖啡店、一起談夢想談未來的她。

然而坐在她對面的並不是他。

他剛剛去見了個客戶，在回公司的路上經過這家咖啡店，正好看見她在裡面，坐在她對面的，是一個穿藍色襯衫的男人，狀甚親熱的一隻手放在她的手背上，從他的角度看不見男人的臉。

於是他都明白了。

她不會再有時間和他一起去環遊世界。

他開著車四處兜了一會，才想起自己還沒下班，便打了個電話回公司請了半天假，還是吃中飯的時候，他一點食慾都沒有，在附近的公園坐了也不知多久，又回到剛才的咖啡店，她已經不在那裡了。

他走進咖啡店，坐下叫了杯咖啡，呆呆望著她不久前還坐在那裡的空桌子。她想必是趕著回家，敦促孩子做功課、燒飯做菜，保證在他下班後能享受一頓豐盛的晚飯……，一幅尋常人家的天倫圖，但他要怎麼面對她？

有人推門進來，逕自走到櫃檯不知說了些什麼，又匆匆要走，但走到門邊時回頭看到他，露出詫異的目光，停下腳步，過了幾秒鐘，彷彿下定決心似的向他走過來：「你也在這裡？真巧。」

這下輪到他詫異了：「你是……？」

「你不認得我了？我姓徐……」

「啊！」他這才想起，是她的朋友，一個出了櫃的男同志：「對不起，我沒認出來。」

「我剛剛把東西忘了在這裡。」徐舉起右手，手中是一冊記事本：「幸好他們撿到，替我收起來了。」

「剛剛……？」他看看徐身上的藍色襯衫，恍然大悟：「剛剛是你和她……？」

「是的。你看見我們了？」

他不知怎麼回答。如果剛才和她坐在這裡的是徐，事情就不是他想像的那樣了。徐見他不作聲，又說：

「可不可以請你裝作不知道呢？也不要跟她提起，行嗎？」

「究竟是怎麼回事？」他一頭霧水：「你們倆，在搞什麼鬼？」

「也罷，既然你都看見了——」徐在他對面坐下來，清清喉嚨：「是這樣的，你們的結婚紀念不是快到了嗎？她想安排一次旅行，正好疫情放緩，觀光業也開始回復正常了，所以她來找我商量，先瞞著你，要給你一個驚喜。」

「原來是這樣。」他點點頭：「對，我記得她說過，你在旅行社上班。」

「是的，就是對面那一間。」

「沒問題，我就裝作不知道好了。……要去哪裡旅行呢？」

「那就是驚喜的部分了。你還是先不要問吧。」徐露出神祕的笑容，伸手拍拍他的手背。他苦笑，明明和徐只見過一、兩次面，但有的人說話時就是會有這樣過分親密的肢體動作，要是有認識他的人正巧在外面經過看見了，會怎麼想？真吃他不消。

「剛才她還跟我說起你們年輕時的事喔，」徐又說：「說你們一直想要去環遊世界，那是你們的夢想吧，她說起那些，眼睛都發亮了，就像個在談戀愛的小女生，可惜你沒看到……」

「我怎麼沒看到？」他呵呵笑起來：「和她談戀愛的就是我啊！」

舊址

這是他每天例行到外面咖啡店喝咖啡的時間，趿著拖鞋才步出大門，就看到近巷口處圍著一群人，七嘴八舌地不知在說些什麼。他走近了一點，看清楚是幾個街坊，以及一對生面孔的年輕男女，似是很吃力地用本地人的語言和街坊們溝通，但彼此都好像不能完全了解對方的意思。

他聽了一會，發覺兩個陌生人自己交談時說的是華語，便走上前，拍拍一個鄰居的肩膀，示意他讓開，然後他擠進去，問被圍在中間的年輕人：「你們，要找人？」

聽到他會說他們的語言，年輕人大喜過望，忙不迭地點頭：「可是我們不確定是不是這個地址……」

「什麼地址，拿來看看？」

接過年輕人遞來的紙條，上面寫著的街名是他們這條街沒錯，但門牌是四〇三巷之二五九號。

「我們找來找去，都沒有四〇三巷，」年輕人說：「這裡是四〇一巷……」

「是的，」他說：「這一區的地址號碼，十幾年前重新整理過了，四〇一巷就是以前的四〇三巷，至於這個二五九號……」

他的目光落在年輕人身邊帶著防晒寬邊草帽的女孩身上，忽然住了口。

「二五九號怎麼樣？是哪一戶？」

「你們是一起的？」他不答反問。

「這是我妹。」年輕人說：「我們要找的是……」

「二五九號，我知道。」他搔搔頭皮：「這事說來話長，我們到外面喝杯咖啡慢慢談。」

在咖啡店坐下來，他為他們每人叫了杯冰咖啡：「這樣的高溫，很不習慣吧？來杯冰咖啡最適合不過了。」

「是呀，」女孩把草帽放在桌子上：「雖然戴了帽子，但作用不大，擋得住頭臉，手臂還是被晒到，這熱帶的陽光就像刀子似的，皮膚痛得像裂開一樣。」

她哥哥卻急不及待地要轉入正題：「四〇一巷是以前的四〇三巷，這沒錯嗎？」

「沒錯，舊的門牌號碼可能是殖民地時期制定的，這麼多年來，新的房子蓋起來，舊的拆掉，連帶門牌號碼也變得亂七八糟的，尤其是彎來彎去的巷子裡，兩間貼在一起的房子，可能就屬於兩條不同的巷子、有兩個不同的街名……，整頓過之後就有系統多了。」

「那麼二五九號的房子也還在吧？」

「當然還在，不過也不是二五九號了，他們在我的斜對面，我現在是十七號，所以他們是十四號。只是，」他頓了頓：「你們要找的人已經不住在那裡了。現在這家人大概十年、十一、二年前才搬進來的。」

年輕人和她妹妹對望一眼，兩人都是一臉迷惑：「你知道我們要找誰？」

他笑笑：「你們是台灣來的吧？」

坐在他對面的兄妹倆一起點頭。他說：「這就對了。以前二五九號那家人，有個女兒嫁了去台灣。」他指著女孩：「你長得跟她一模一樣。」

「人人都這麼說。」女孩笑起來，露出一只虎牙。

「時間真快，你們都這麼大了……有將近三十年了吧？」

「二十七年。」

「二十七年。」他點點頭：「你媽媽現在怎樣了？」

「她去世了，心臟病，去年的事。」

「啊……」他喝一口冰凍的咖啡：「世事無常啊真是，她才這麼年輕……」

「就是啊，誰想得到呢，事先也沒有任何徵兆。那天她在家裡昏倒，送去醫院就沒有再醒過來……」

「這些年在台灣，她好像一直沒回來過？」

年輕人搖搖頭：「所以我們也不知道她娘家還有些什麼人，直到整理她的遺物，才發現有一份舊的戶籍影印本，應該是當年她帶著過台灣的。」

年輕人拿出一個檔案夾，從一疊文件中取出陳舊的影印本給他看，地址一欄，不但門牌號碼是舊的，連行政區也還是十六坊，現在已改為第五坊了。

「你們的越南話，都是跟媽媽學的？」

「是的，小時候學校還沒有母語班，她就自己來教我們。」年輕人在影印的文件上指點著：「從戶籍本上我們才知道除了外祖父母之外，還有一個舅舅一個阿姨，便想著過來看看能不能找到他們……」

「你媽媽……你們知道她為什麼不再回來？」

「她很少提到老家的事，我們也不是很清楚。」

「她爸爸——也就是你們的外公；他是個賭鬼，當年欠了一屁股賭債，便找上了婚姻仲介，靠你媽媽的那些禮金來還債的。你媽媽因此很不能原諒你外公。」

「是這樣啊，」年輕人搖搖頭：「那就難怪了……，還有另一個原因，可能是外公拆散了她和她的男朋友吧？」

「男朋友？」他訝然：「你怎麼知道她有男朋友？」

年輕人從那疊文件中抽出一個航空信封：「她的遺物中還有這封信，從內容來看，是她男朋友寫給她的，就在她剛剛到台灣之後，不過也只有這一封。」

從航空信封撕開的邊沿露出裡面的信紙，厚厚一疊，也不知多少張，都微微泛黃了，小心地收藏了幾十年的私密情書，在當事人倉猝過世後成為一種考古的證據，證明她活過，證明她愛過、也被愛過。

「我也查過了地址，發現這條街就在附近，但門牌號碼更複雜了，我看看……」年輕人讀著信封上的回郵地址：「二七九巷之六〇八弄之三十二……，這巷子也是找不到了，真是滄海桑田啊。」

「你們的外公外婆，我不知道是不是還在世，舅舅和阿姨也不清楚搬到哪裡去了，不過要是有機會碰到他們的話，我會告訴他們的。」

「那就麻煩你了。我留下我的手機號碼，有什麼消息可以跟我聯絡。」

「這些年在台灣，你媽媽過得好麼？」他把年輕人的名字號碼存在自己的手機裡，邊隨口問。

「我爸爸一家人都待她很好，相處融洽，她常常做一些越南食品，大家都很喜歡吃。」

「嗯，我記得她的手藝是很不錯的。」

兄妹倆告別前，他又跟女孩說：「你真的很像你媽媽，尤其是笑的時候。」

他的咖啡已喝完了，杯子裡還有一點冰塊，他倒了半杯茶進去，今天本來很忙，有很多事等著他去做，但他只想繼續一個人坐在這裡。二十七年了啊，她去了台灣後他寫過信給她，她也很快就回了信，措辭委婉而堅決，她告訴他：不要再跟她聯絡了，這雖然不是她原本要過的生活，但既然已經這樣了，她會接受現實，接受命運的安排，好好的過下去。

之後他再也沒有給她寫信，收到的回信也只有一封，信封上寫的是他以前的地址：二七九巷之六〇八弄之三十二，從殖民地時期沿用下來的舊地址，和她的地址彷彿天南地北互不相干，連街名都不一樣，誰都不會想到實際上是同一條巷子裡斜對門的兩戶人家。

她的回信被他好好的收藏著，有一天說不定也會成為考古的證據，證明他活過，證明他愛過、也被愛過。

十年

我在咖啡店喝著咖啡，邊開始閱讀一封電郵的時候，忽然想到很多年前讀過的一篇小說。

那篇可以算是書信體的小說，由十封信件組成，都是同一個女子寫的，收信人是她的男友，或者前男友；從第一封信中，讀者知道寫信的人是風塵女子，因為不想影響男子的大好前程，忍痛分手，離他遠去（老掉牙的情節，因為這是將近一個世紀前的小說），但之後每一年的這個時候他都繼續收到她的來信，一直讀到最後一封信，讀者才知道：女主人公在十年前已經患絕症去世了（當時的絕症是肺結核），這十封信是她在十年前預先寫定，然後托人每年定時寄出。之所以要這麼做，是她希望在她死後，仍然提醒男友她的存在，確保他在往後的十年都不會忘記她。

這個小說因為是很多年前看過的，有的細節已經不很清楚了，只記得我當時讀完後的感想是：小說畢竟把事情浪漫化了，這樣的構想放到現實生活中來，要托別人在自己死後的十年，每一年在同一天把信寄出，未必會那麼容易，不是嗎？更不用說還有其他不可知的因素。

十年是一段不短的時間，什麼都有可能發生，不是寫信的人可以預先知道的，就像兩、三年前，誰能預見會有這樣一場大規模的流行病出現，無遠弗屆的席捲全球？如果寫信的人在疫情發生前死去，而她的男友在之後幾年收到她的信，內容卻無一字提及這場世紀大疫，他不會覺得奇怪嗎？何況誰能保證替她寄信的人能一直安全無恙？如果這個人在寄出最後一封信之前有什麼不測，她男友豈非就永遠不會知道真相了？

但現在我才知道：十年，並沒有我們想像的那樣漫長。

這是我今天吃過早點後，邊嚼著口香糖邊滑手機時無意發現的。手機跳出一則訊息：有人對已去世的某歌星表示悼念，說今天是她的十週年忌辰——我驚訝得幾乎把口香糖吞了下去，十年？這麼快？是弄錯了吧？

我還清楚記得聽到那位歌星去世時的錯愕，因為她年紀並不太大，雖已退出歌壇多年，以現代人的平均壽命，應該還有一、二十年可活，所以她的去世是有點意外的。

十年前，我就在這家咖啡店裡，也是從網上看到她病逝的消息。因為是過氣的歌星，死訊發布時已經是一個星期後了。

「×××死了。」我說。

「誰？」坐我對面的是當時我的女友。

我重複一次，加上一句「唱歌的」，她才「哦」地將名字和她唱的歌聯繫起來：「你喜歡她的歌？」

我聳聳肩：「我媽喜歡她，以前有很多她的卡帶。」

「什麼病？」

「癌。」

她幽幽地嘆了口氣。現在想起來，那好像是我和她最後一次一起喝咖啡，甚至可能是最後一次見面，之後她就因為工作的關係被調去了北部還是中部，至少這是她給我的說法，之後我們就疏遠了，我覺得她似乎是對我有點意思的，這樣無疾而終，我也有點不解，不過她時不時還發個電郵來，聊點日常近況什麼的，我心情好就回她幾個字，順便報告一點自己的生活動態，不過光是這樣電子郵件的交流對感情發展絲毫沒有幫助，所以漸漸地我也懶得回應了。

不知不覺地，竟然也就十年過去了，彷彿只是一晃眼的工夫。

「人生能有幾個十年？」這是一部通俗電視劇裡的對白，當年可是人人朗朗上口的金句，我對這些所謂金句真是倒盡了胃口，它們像一片片口香糖，隨電視劇附送的促銷品，在劇集播映的期間供人們咀嚼，每天我都會聽到不下十來句，但當電視劇播完後，它們也就像嚼完了的口香糖一樣，被隨口吐得一地都是，人們轉頭又去咀嚼隨下一部劇集送來的口香糖了。「人生能有幾個十年？」這金句流行的年代也不止十年前了吧？現在還有誰在嚼這片口香糖呢？

我吐掉已味同嚼蠟的口香糖，上網搜了一下歌星的死亡年份，沒錯，她是十年前病逝的，但我仍然無法釋懷，十年耶，怎會那麼快呢？有人說過，動盪不安的日子會令人覺得度日如年，相反地，平靜暢順的生活則感覺上會好像一下子就過去了，也不用援引愛因斯坦相對論什麼的，我們都知道的確是那樣沒錯，過去疫情肆虐的這兩年不就像永遠都過不完？但平靜的生活並不一定就是好事，它可以說是安定、沒有動亂，也可以是一成不變、沉悶無趣，每一天都只是前一天的重複，更可以理解為渾渾噩噩、虛度時光。我過去風平浪靜的十年又是怎麼樣的呢？

朝九晚五、上班下班、偶爾交個女朋友、假期到外地旅遊……，沒有什麼值得大書特書的經歷，有些人看來也會覺得太沉悶吧？

不管怎樣，我忽然有點懷念以前的時光，便回到這家咖啡店來坐坐，才發覺原來這家店也已經開了至少十年了，看起來沒什麼改變，經歷過疫情的衝擊，居然沒有關掉，算是很不容易了，老闆好像還是當年那個，臉上自然也不免出現了歲月的痕跡。

我喝著咖啡，邊掏出手機，時不時發個電郵來的前女友，前兩天又發來了一封，我都還沒有時間看，這時順手點擊打開，才看第一句，我就呆住了：

「這是我寫給你的最後一封信了。這十年來，每年這個時候你都會收到我的電郵……」

我馬上想起那篇名為〈十年〉的小說，這不就是小說裡的情節嗎？患了絕症的女主人公預先寫好十封信，然後托人每年寄出一封……，我打心底冒起一陣寒意，難道她在十年前已經……？我想起那次提到因癌症去世的歌星，她嘆了一口氣，是不是她知道自己剩下的日子不多，便趁這個機會和我分手，其實是孤獨地度過生命中的最後幾個月，期間寫下這十封信，托某個閨蜜每年從她的帳號定時寄出，我記得曾經跟她提起過這篇小說，所以她完全有可能使用了故事中相同的手法，只是傳統的信件改成了電郵——她上一封信確是有提到新冠疫情，但因為是電郵，並不存在手寫筆跡的問題，代她發電郵的閨蜜很容易就能把這些訊息加上去，而且正因為我曾跟她討論過這篇小說，指出在現實中不易實行的種種細節，她便針對這些問題做了修正，提醒閨蜜在發信前添加一些內容，讓信讀起來更像是最近才寫的。

我喝一口涼了的咖啡，繼續讀下去：

「……是的，我正是模仿你說過的那篇小說的情節，和你分手後，每隔一段時間發出一封電郵，提醒你我的存在，至少在十年之內都不會忘了我。

「然而和小說情節不同，我並沒有患上絕症，我只是對你絕望了。你應該已看得出來，我對你用情甚深，但我也知道，你只不過視我為普通朋友，經過深思之後，我決定忍痛和你分手，可是我也像小說中的女主人公一樣，不想你太快就忘了我，所以每隔一段時間，我就發個電郵給你，你回不回覆都不要緊，只要你在看信的時候想起我，這樣就夠了。」

原來不是患上絕症，我這才安心了一點，但話說回來，即使她患了絕症，我又有什麼好不安的呢？她說得對，我只當她是普通朋友，是一個多年不見、偶爾有電郵來往的朋友，這和她的健康狀況沒有關係，我不會因為她去世而內疚，也不會因為知道她沒死，就要找到她、就要補償什麼，如果不是久不久收到她的電郵，我說不定真的早已把她忘了，可是……

我又怎麼知道她說的是真的呢？她有可能確是患了絕症、已經在多年前去世了，只是要我安心，要我以為她還在世界哪個角落活得好好的，才會那樣說，如果是這樣的話，那就算我寫信給她，也不會得到回音了。

我該不該發個電郵給她呢，只是為了證實她真的還活著？但即使她還活著，也不能保證她會回信，我讀著電郵的最後一行：

「……你現在可以忘掉我了，也不會再收到我的信，但我會記得你，直到我生命的最後一天。」

直到生命的最後一天……

如果這是她十年前寫的，那一天早已過去了。

我還是寧可相信她還活著就好。

輯二

傷痕

她是受雇來照顧他的，每天推著輪椅和他穿過這座城市的大街小巷，穿過每一個角落，一個對她來說仍很陌生、但卻是他居住了一輩子的城市，這每天的路程對她而言是探索，在他卻是一種回顧，在生命的盡頭對自己一生的回顧。

除了在住家附近閒逛，她也推他去一些平時不常去的街道，也是讓自己有機會認識陌生的地方。在瀏覽著各式各樣的店鋪的同時，她發現有一間咖啡店好像引起了老人的注意，每次經過那裡他總要回頭看看，雖然什麼都沒說，但她看得出來，那間咖啡店對他有一種特別的意義。是什麼勾起了他的記憶呢？咖啡店看來好像才開了沒多久，那麼可能不是現在的這間咖啡店，而是他年輕時在這個地點的什麼店鋪或人家，老人自己也許都不記得了的一段往事，但每次經過這裡時仍然觸動了他心底某個角落沉睡的記憶，令他不自覺地扭頭注視。

他到底想起了些什麼？

「阿公，你以前來過這裡？」她問：「你記得這個地方？」但老人只是呆呆地望著她。他已經失去和別人溝通的能力了。

她不清楚老人過去的經歷，也不方便向他的家人打聽，但她見過老人背上有一道傷疤，看來是很久以前的傷痕了，從右肩斜斜劃向背脊中央，應該是很嚴重的傷吧，經過這麼多年，痛是不再痛了，卻留下難以磨滅的疤痕，更難磨滅的也許是深藏在心中的創傷。她不禁好奇：老人的一生，有些什麼不尋常的故事？

之後他們又經過那裡幾次，他的眼光都在那間咖啡店停留良久。

她在一個休假日到訪咖啡店，以一杯咖啡的價錢，希望能滿足自己的八卦好奇。咖啡店人不多，老闆也不介意坐下來和她閒聊，她這才知道，原來店已經開了七、八年了，但老闆不記得老人曾經來光顧過。她不覺得太意外，她聽說老人並沒有喝咖啡的習慣。

「店子以前是幹什麼的？」

「以前開過書店、書店之前丟空了好些年，再以前是一家五金店，後來被清算了……」

「清算？就是那一次……」

「是的。」老闆點點頭：「那時你都沒出生吧？我也沒趕上，所以不知道詳細的情形，主要都是聽大人們說的。」

那場大清算是幾十年前的事，老人是不是也參與過呢？他是不是手臂上纏著紅袖章、板著臉、殺氣騰騰的到一家家小商戶去清點財產？被清算的生意人，不管開什麼店，不管規模大小，通通都是要清算要改造的對象，不但所有財產被充公，連房子也被沒收，之後流放似的被集中送到一些不毛之地去墾荒，說是通過體力勞動來改造這些資本家的思想。

改造資本家的偉大戰役，幾十年後成了錯誤政策，也成了禁忌，不再有人公開提起，只有茶餘飯後還會聽到關於那個年代的零星故事，聽起來像一則則民間傳說，因為太荒誕了，反而難以相信會是真的。

「那家五金店的人，後來去了哪裡？」

「誰知道？」

老人曾經做過那些事嗎？他是因為曾經參與改造資本家的偉大戰役而感到光榮？還是因為曾經迫害過謀蠅頭小利的生意人而愧疚不安？她回想他凝視咖啡店的眼神，想找出一些蛛絲馬跡，但他的眼神專注而漠然，看不出是什麼感情，也許是情緒太複雜了，像許多顏色混在一起，結果呈現出來的是一抹灰色。

「還有，」老闆想了想，又說：「很久很久以前，聽說發生過火災。」

「火災？房子都燒掉了嗎？」

「是啊，現在這間是後來重建的。那場火……好久了，應該還是殖民地時期吧。」

「那麼久了哦。」

「我也是聽來的，當時這裡是一家武館還是中藥房什麼的，就是那種替人抓抓藥、治治跌打、同時也教學徒練武的地方。」

「那場火，有沒有燒死人？」

「怎麼沒有？」咖啡店老闆長嘆一聲：「武館的跌打師傅兩夫婦和一個女兒都葬身火海。」

殖民地時期，她在心裡推算了一下，大概就是老人十幾二十歲的時候吧，他會在這裡學過武嗎？也許武館失火時他就在現場，那些可怕的記憶深深的刻進了他的腦海中……，即使已過了幾十年，即使周圍很多建築物都改變了，每次身處這個環境還是會令他覺得似曾相識，反而一個小時前才發生的事卻一點也不記得了，人的記憶真是非常奇妙的東西。

不管這種種猜測是否正確，她覺得咖啡店（或其原址）留給老人的，是一段黯淡的記憶，因此不再推老人來這一區，以免他想起久遠以前的不愉快。

老人在一個下著細雨的晚上嚥下了最後一口氣。在這座將近一千萬人的城市裡，一個老人的逝去也像夜裡落下的雨滴，沒有引起任何人的注意。辦理喪事的那幾天，她幫助整理遺物，看到一疊老人年輕時的舊相片，其中一張果然穿著武館的服裝，倒也顯得英挺，只是眉宇間似乎有一股暴躁之氣，看來像是個魯莽的年輕人。

辦完了喪事，她的任務也完成了，正巧這時另一波新冠疫情來襲，她趕在封城之前回了鄉下，過了大半年，等疫情緩和了才回到城市來，繼續陪另一個老人度過他的餘生。空閒的時候，她又去了咖啡店一次，那老闆還記得她。

「上次告訴你武館失火的事，」老闆主動坐下來跟她說：「我又打聽到一些細節：聽說那是有人縱火。」

「開武館的，會得罪黑道上的什麼人，也不希奇。」

「阿寶他爺爺告訴我，是他親眼看見的。」

「誰是阿寶？」

「住在對面巷子裡的小孩。當時他爺爺也只有他這麼點大，看到縱火的人從武館裡逃出來，跌打師傅追在後面，手持一把長刀，在他背上砍了一刀，那時火勢很大，師傅馬上又轉回去救人，結果一家人都沒能活著出來……」

「那個縱火的……」她想起老人背上的疤痕，心有點發冷：「後來怎樣了？」

「背上挨了一刀，流了好多血，阿寶爺爺以為他死了，沒想到他又掙扎著站起來，人人都忙著救火，沒空管他，竟然讓他在混亂中溜走了。」

她啜了一口咖啡，老闆接下去說：「據說縱火的是武館的一個學徒，他看上了跌打師傅的女兒，可人家對他沒有意思，結果他就……」

她沒說話，想到老人呆呆注視咖啡店的眼神，想到他的傷痕，他背負了大半輩子的傷痕。

大哥

那人進來時，他剛準備關門，正在把椅子一張一張四腳朝天地放到桌子上。

他聽到門被「砰」地推開，回過頭正想說：「對不起，我們打烊了。」卻見到來人一條右臂的衣袖都染紅了，而左手正按住右上臂近肩膀的位置，想必傷口就在那裡。

「有沒有紗布？」來人問。

他先把店門鎖好，才帶來人進入裡面，拿出急救箱，學過的急救常識正好派上用場。

結果儲存幾年沒用過的紗布一下子就用光了，才勉強算是止了血。「傷口很深呢，你最好去醫院檢查檢查。」

「沒事的。」那人站起來，顯然牽動了傷勢，臉上的肌肉抽搐了一下：「有後門麼？」

他打開後門，那人臨走前回頭對他說：「兄弟，你幫過我，我會記得的。」生平第一次有人叫他兄弟。他也才意識到受傷的人是什麼身分。

傷者年紀大概不超過四十，手臂上的傷看來是被刀砍的，處理不好的話可能會感染，而傷者顯然不想去醫院，也許他有熟悉的醫生或者什麼人可以照料他，電影裡面不都是這樣的嗎，幽暗的房間裡，見不得光的醫生為見不得光的傷者做手術、取出子彈頭，有時連麻醉藥都沒有，就那樣關雲長似的刮骨療傷。聽說黑社會都是拜關二哥的。

黑社會。一個常常掛在嘴邊，卻好像離現實很遠的世界，今晚算是讓他碰上了。

「黑社會」這三個字在他們這裡還算是比較新的名詞，改革開放後，隨著港產電視劇進入尋常百姓家，港式文化影響所及，「黑社會」才開始出現在越南人的日常口語之中──並不是說改革開放後才有黑社會，但過去的黑道，越南人稱之為「江湖」、「遊蕩」，聽起來相當古雅，還有一個較通俗的名詞，是因為歌劇《西貢小姐》而廣為人知，歌劇的其中一首曲子就是以這個名詞為名，其原意是「世間的塵土」，像渺小的塵土一般在世上打滾，翻成中文的話，「出來混」也算是頗貼切了。

他和黑社會的關係並不止於這一晚的經歷，沒隔幾天他就注意到：咖啡店的生意忽然變好了。

一些從來沒見過的客人，開始來這裡買咖啡，都是二十來歲的年輕人，都是外帶，從不在店裡坐，不像其他人那樣悠閒地享受手中的咖啡，他心裡思疑著，但沒機會、也不知如何向這些新客人打聽，總不能向每個來客查問為什麼會來這裡買咖啡。

新客人中有一個比較年輕的，可能不到二十，好像很喜歡吃甜點，只有他買咖啡時會順便點一塊蛋糕，然後坐下來吃完蛋糕才走，他因而從這人口中問出了他們的來歷。

那天負傷闖進他店裡的，是他們的大哥，愛吃蛋糕的年輕人說。

「你幫過我，我會記得的。」那晚大哥臨走時這麼說。一飯之恩，這就是他報答的方式：吩咐手下以後要喝咖啡都來他的店裡買，反正他們每天一、兩杯咖啡是固定的開銷。

「大哥還不許我們在店裡坐，所以都是買了咖啡就走。他說：我們這樣的人，坐在那裡會影響人家做生意。」

「你不是坐下來了？」

「不妨事，」年輕人笑的時候還未脫稚氣：「我一個人，吃完就走。」

他暗暗訝異，看來這位大哥設想周到，還頗有管理的才能。但「我們這樣的人」這句話又令他有點不舒服，他聽得出背後隱藏著的深沉的悲哀，「這樣的人」就是不能在咖啡店裡悠閒地坐著喝咖啡的（天啊他開的又不是什麼高檔的五星酒店），是受了傷也不能去醫院的，黑社會果然是另一個世界，隱藏在不為人知的陰影裡，與他們一般人的正常世界平行並存，卻時不時通過犯罪的行為來干涉、破壞他們這個世界的秩序，就像受傷的大哥闖進他的咖啡店。

可是自那次之後，大哥就沒再來過。「大哥不喝咖啡。」年輕人說。

除此之外，他沒能打聽到有關這位大哥的其他資料。「不能告訴你太多，這也是大哥吩咐的。」愛吃蛋糕的年輕人說：「你知道得愈少，對你愈好。」

他很快就明白這句話是什麼意思。有兩個看來是便衣探員的來過他的店，顯然是那些來買咖啡的道上兄弟引起了公安部門的注意，想來刺探消息，但他確實是對他們一無所知，公安也問不出什麼來。

過了兩、三個月，那些兄弟們忽然又不再來光顧他了，連愛吃蛋糕的年輕人也消聲匿跡，好生意一下子變了泡沫經濟，他納悶：難道大哥認為欠他的人情已經還清了嗎？還是最近風聲緊，都躲起來了？他翻開報紙，想看看有沒有破獲什麼犯罪集團的新聞，卻發現他對大哥他們從事哪一方面的業務一無所知，爆竊？搶劫？販毒？聚賭？拐帶？詐騙？走私？……犯罪的世界五花八門，各有其專業領域，而他甚至連大哥的名字都不知道。

他一個人的泡沫經濟破滅後三個月，愛吃蛋糕的年輕人又冒出來，他才知道：大哥果然被逮捕了。

「報紙有報導的，」愛吃蛋糕的年輕人說：「破獲一個偷車集團，你沒看到？」

原來是偷車，他暗暗鬆了一口氣，也不知為什麼，同樣是犯罪，偷車好像比其他牽涉到黃賭毒的好一點點吧。

「抓了好多兄弟，」年輕人吃了一口芒果蛋糕，口齒不清地說：「沒被抓的，像我，就四散避風頭去了。」

「以後有什麼打算？」

年輕人聳聳肩：「我去探過大哥，他叫我別再混了，趁著還年輕，找點正經事做。我跟著他這段時間也學了一點……嗯，一點和車子有關的手藝，我有個親戚是做修車的，也許可以給我安排個工作。」

「那就好。」他點點頭：「其他兄弟要是沒事，就過來喝杯咖啡吧，店裡有地方，客人又不多，可以坐下來慢慢喝。」

愛吃蛋糕的年輕人告別時，他又說：「偷車，應該不會關太久吧？你大哥幾時出來，只要我的店還在，歡迎他來坐坐。不喝咖啡沒關係，可以喝奶茶——好歹他叫過我一聲兄弟。」

小三

他站在街角，看著她走過來，她似乎完全沒察覺他的存在，等她從面前經過，他才低聲叫住她：「不要進去。」

「嗄？」她停下腳步，轉頭看著他，臉上全是問號，好像沒認出他是誰。不能怪她，他長得本就不起眼，來店裡這麼多次，她可能根本沒正眼看過他。

「他在裡面，還有幾個女人，其中一個是他太太。她們在等著你。」他盡量說得簡單扼要。

「噢……」她臉上的疑惑變成恍然：「是你啊，我都沒認出來……」

「聽到我說什麼了嗎？有人在裡面等著你！」

「是啊，我約了他……」

「我知道，但裡面不只他一個，還有他太太！」

「太太？怎麼會？」她總算聽明白了：「你沒弄錯吧？」

「怎能弄錯？你們每次來，都坐在角落裡靠窗的位子。」

她臉色有點發白：「你說……還有其他的女人？」

除了他和他太太，還有三、四個女人，唯一的男人被她們堵在角落裡，像個被押上刑場的犯人，垂著頭，面如土色，一言不發，幾個女人則摩拳擦掌，興高采烈，說話又大聲，一桌人就把原本安靜的咖啡店變成了菜市場，不過也虧得這樣，他才把她們的行動計畫聽得一清二楚——其實那也算不上什麼機密。

「她們……想怎麼樣？」她的眼神開始流露出恐懼。

她自己當然知道答案是什麼。這種事就算沒親身經歷過，聽也聽得多了，網路上還流傳著一大堆影片，他也看過一、兩段，幾個女人圍毆一個，又打又踢又扯頭髮，一邊還大聲叫罵，不知是無法還手還是心虛的不敢還手，被圍毆的小三被打得倒在地上，一雙手只能盡量保護著自己身上的衣裙不要被扯破。

店裡面的幾個女人，其中一個被分配到的任務，就是用手機把整個過程錄下來，然後放上網作為進一步的羞辱。

「我該怎麼辦？我真的不知道他、他有家庭的……」她幾乎要哭出來，一手下意識地拉著衣襟，彷彿那幾個她不認識的女人馬上就要撲上來向她施暴。

「我了解，」他說：「他是有意瞞著你。和你在一起時，他手上從來沒戴戒指，今天戴了。」

她的手機響起來。她從包包取出手機，看了一眼，猶豫著。他搖搖頭。

「不要接。換個手機，換個號碼，不要再見他，也不要讓那些女人找到你——她們不會找到你吧？你的地址、工作的地方……？」

「應該、應該不會吧……」她把手機放回包包裡，抬起頭時，他看到淚水在她眼眶裡打轉。

「可是……你為什麼要幫我？」

「不只是幫你。店是我的，要是讓你進去，她們就在裡面動起手來，砸了幾個杯子還算好的，萬一連玻璃窗也打破，我可就虧大了。」

「不管怎樣，還是謝謝你。」她低聲說了一句，就轉頭離開了。

他不知道她會不會真的和他斷絕關係，希望是真的，他實在不想在網路上看到她被那些女人圍毆的畫面。

他回到店裡，一開門，那幾個女人的喧譁聲就利箭似的撲面而來，開生日派對也沒那樣熱鬧。

「喂，老闆，你上哪兒去了？」一個女人朝他叫。

「我就在外面，抽兩口菸。」

「店裡就你一個人嗎？沒有其他服務生？能不能給我們換壺茶？拜託都等了老半天了！」

「不好意思。」他說：「平時客人不多，店又小，就不另外請人了。」

他把一壺熱茶送來，聽到男人的妻子問：「怎麼還不來？」

「打個電話給她！」一個女人說。

「剛剛不是打過了？」男人低聲下氣，被閹了似的：「她都沒接，可能有事……」

「會不會是你私下給她通風報信，叫她別來的？」另一個狐疑地問。

「我能怎麼通風報信？」男人苦著臉：「一直被你們監視著……」

「諒你也不敢。」做妻子的說：「再打一次！」

「幾位等人嗎？要不要來點蛋糕？牛角麵包？」他說：「我們店裡的糕點都是新鮮出爐的，美味可口，您吃過就知道了！」

過了今天，店裡就會少了兩個常客，趁他們還坐在這裡，能賺多少就賺多少吧，他想。

交易

女孩第一次在咖啡店出現，就引起了他的注意。

女孩很年輕，目測最多不過二十歲，兩頰還有點嬰兒肥，並不特別漂亮，但這個年齡的女孩子，也不會難看到哪裡去，引起他注意的不是她的長相，而是和她一起的男人。

一般她這個年齡的女孩子，都會和同齡的年輕男女在一起，不管是一大群人還是兩三好友；但和她見面的男人明顯年紀比她大很多，從肢體語言推測，他們還是第一次見面。

後來她又來過幾次，約見的都是中年男人，而且每次不同，多半是男的先來等她，大約十分鐘後她才進來，她坐下來叫了咖啡，沒說兩句話就離座去洗手間，幾分鐘後回來，這個時候男的總會抬頭四顧，像要確定沒人在看著他們，所以他也不敢明目張膽地注視，但眼角餘光仍可見到她把什麼東西交給男的，是一個紙袋，放小型禮物的那種禮品袋子，然後從男的手中接過幾張鈔票。

她是利用這個咖啡店來做交易吧，他想，交易完成後，男的喝光咖啡就走了，步伐有點急，像剛剛得到心愛玩具的小孩，趕著回家去好好賞玩。她則留下來，有時甚至從書櫃上挑一本書來看，大約二、三十分鐘喝完咖啡後，才不慌不忙地離去。

小紙袋裡裝的是什麼？第一個想到的自然是毒品，小包白色的粉末或藥丸，但假如是毒品交易的話，應該是男人賣毒品給她比較合理，儘管這也不能一概而論，沒人規定毒販不可以是年輕的女孩，但他總覺得不管是她還是那些男人，都不像是從事毒品買賣的混混，而且買賣毒品，用得著精品店的那種小袋子嗎？

就算不是販毒，他仍然不能放心，不管她賣的是什麼，都有種偷偷摸摸見不得光的感覺，啟人疑竇，而且她幹嘛總是先進洗手間？他在咖啡店打烊後檢查過廁所的水箱，也沒發覺有什麼異樣，百思不解，他幾乎忍不住要在洗手間安裝針孔攝錄機一窺究竟，最後因為擔心萬一被發現後自己會身敗名裂才作罷。

然後有一次，她來早了，邊看書邊等候客人，牛仔短裙下露出不只白皙圓潤的大腿，他忍不住多看了一眼。客人來了之後，她照例離座去洗手間，當她回到座位坐下，調整坐姿時他又向她牛仔短裙下一雙大腿投過一瞥，靈光一閃，他彷彿窺破天機，忽然明白了她賣的是什麼，也知道為什麼每次她都要先進入洗手間打個轉了。

至少她賣的不是什麼違禁品。

他聽說過有年輕的女孩子會做這種交易，在網上貼個圖文並茂的廣告，買家線上付錢即可寄出，也有人防止被騙，指定要面交，雙方就找個公眾地點，一手交錢一手交貨。

這樣的買賣當然不犯法，隨時都有人把半新不舊的個人物品放上網出售，對想賺快錢的年輕女孩來說，這個方法堪稱相當安全，她們自己也沒有任何損失，客人付錢買去的，不過是她們的青春氣息而已。

但這總不是可以公開進行的交易，他不知道女孩為什麼會挑上他的咖啡店來做交易的地點，怎麼不去星巴克或對面的肯德基呢？他為她可惜，她長得雖平凡，也算得上清純，沒想到也是個好逸惡勞愛賺快錢的女孩。

女孩不定時出現在咖啡店，有時隔一、兩個禮拜，或兩、三個禮拜，不能憑之判定她的生意好還是不好，他也不知道除了這個店之外，她是否還有其他的交易站，他猶豫著，拿不定主意該不該告訴女孩，他已看穿她的行徑，警告她以後不要再來，不要破壞了咖啡店的聲譽。

下一次她來到咖啡店是在晚上，不是她平常和客人見面的時間，也許是遷就客人。他認得那個男的，以前也來過，是回頭客——她的回頭客，不是他的。

也像往常一樣，男的付錢後拿起小紙袋匆匆走了，也許時間太晚，女孩沒有再坐，喝光咖啡也離開了，他隱隱覺得有點不妥，反正也快打烊了，店裡沒有其他客人，便把門鎖起，悄悄尾隨著她。

她每次來去都是步行，他猜想她可能把車子停在別的地方，或者住得不遠，步行可至，卻從沒有想過要打探她的住址，現在這樣跟蹤她，自己也覺得好像不對，但這段路很僻靜，他放心不下，就跟到前面的街口吧，他對自己說：那裡有許多店鋪，人比較多，她應該就沒事的。

但女孩拐進了一條小巷，他暗道不妙，馬上快步跟上去，小巷又窄又暗，而且都是人家的後牆，他記得好像一、兩年前有人在這裡被刺傷過，因此不敢大意，果然女孩在前面走了沒多遠，牆邊的暗角就毫無預警地竄出一個身影，一把抓住她的手臂，他在後面看見，不禁驚呼出聲，但在他來得及衝上前去之前，女孩已一反手，抓住襲擊者的衣襟，腳下順勢一勾，一下子就把他掀翻在地，那襲擊者似乎想不到有此一著，但很快就爬起來，再向女孩撲過去，女孩也不閃避，抓住他的手腕，一矮身，使了個過肩摔，將他整個人重重摜倒在地上，襲擊者四腳朝天，掙扎了半天才能爬起來，一手還捂著腰，看來摔得不輕，爬起來後馬上踉踉蹌蹌地朝巷口逃去，女孩並不追趕，襲擊者從他面前走過時他讓開一邊，看得清楚，確是剛才和女孩在咖啡店見面的男人，估計他之前曾經跟蹤過女孩，知道她回家的路線，才在這裡埋伏施襲，沒想到反而吃了大虧。

他回過身，女孩正凝視著他，他不知道她是否認出他是誰，提聲說：「你這樣，很不安全……」

「我的事，不要你管！」女孩粗暴地打斷他，語氣和她文靜清純的外表有很大反差，他看著女孩轉過身，像被黑暗吞噬般消失在窄巷深處，沒再說什麼，也沒跟上去，巷子裡沒有一絲光，他不知道她是否有足夠的能力保護自己。

他回到空無一人的咖啡店，桌子上女孩的杯子還沒收好。他嘆口氣，以後大概再也不會見到她了。

談判

選定咖啡店作為談判地點的兩幫人馬，總共十幾個，幾乎占據了小小的店內所有的桌子，以雙方的大哥為中心。

兩位大哥都不過二十出頭，各據一張方桌的兩邊，一個唇上蓄著稀疏的八字鬍，另一個額角有淺淺的刀疤，都故意地把一條腿擱在旁邊的空椅子上，且都盡力的把唇角往下拉，似乎是刻意模仿哪個電視劇裡面的反派角色。他們倆背後那幾個比較年輕，有刺青的，有頭髮染成金色的，臉上肌肉緊繃，但掩不住眉宇間透出的一絲絲稚氣。

打從這兩幫人進來後，店裡原本的兩、三名客人眼看勢頭不對，都匆匆把咖啡喝光，付帳溜了。一副山雨欲來的模樣，看店的年輕女孩有點不安，躲在櫃台後偷偷打了個電話。

「今天的事，」蓄著八字鬍的大哥說：「不是說一句對不起就能算的。」

「誰說對不起了？你說了嗎？我怎麼沒聽見？」另一個刀疤大哥，自覺這句話說得很聰明，忍不住得意地笑起來，過了幾秒鐘，才想起要扮演反派的角色，馬上重又把嘴角狠狠地往下拉，瞪著對方的眼神也加了幾分狠勁，像要彌補剛才的疏忽。

「撞壞了的那輛機車，也要算在你們帳上。」

「笑話！」刀疤大哥背後一個光頭的說：「你們自己技術不好，撞壞了車，也關我們的事？」

刀疤大哥舉起一隻手，狀甚威嚴地阻止他說下去：「沒那個道理。是你的兄弟在我們地頭上惹事，憑什麼反要我們買單？」

「因為，」八字鬍大哥嘿嘿一笑：「你們惹我們不起！」

這就欺人太甚了，刀疤大哥一拍桌子，玻璃杯、茶匙一陣乒乓亂響，雙方人馬也都挺直了腰，一場江湖血拚眼看一觸即發，咖啡店的門卻適時被推開了，一個小小的身影當門而立。

劍拔弩張的雙方都轉過頭，看清了站在門邊逆光的人影：開門進來的是一個六、七歲的小男孩，手上抱著一隻奶白色的小狗。

「阿寶，你來了！」看店的年輕女孩歡呼一聲：「快，把波波放下來，波波，來姊姊這裡！」

被放到地上的小狗波波並不聽她的話，一溜煙鑽進談判中的兩個大哥桌子底下，其中一人腳上的鞋子顯然引起了牠的興趣。

「哎呀！」刀疤大哥叫起來：「你幹嘛咬我鞋子？你這——」

他彎腰望向桌子下面，小狗停下啃咬，豎起耳朵偏著頭好奇地回望他，刀疤大哥的聲音馬上變柔和了：「你幹嘛咬我的鞋子，啊？誰家的狗狗這樣頑皮？信不信我打你啦，來我看看！」

刀疤大哥把小狗抱起來，展示給他後面的兄弟看，那幾個兇神惡煞的混混，忽然就都像被太陽晒到的雪人一般，橫眉豎目都融化了，連八字鬍大哥和他這邊的人，臉上緊繃的肌肉也鬆懈下來，八字鬍大哥甚至露出了笑容：「這小奶狗，多大了？」

「四個月。」小男孩阿寶答。

「給我抱一下。」八字鬍大哥說，刀疤大哥隔著桌子把小奶狗交給他，八字鬍像抱著自己的孩子一般，看了看小狗，轉頭對坐在他後面一個染了金髮的說：「喂，你看看，像不像你家的狗？」

金髮的伸手托起小狗的下巴：「毛色有點像……不過這隻的耳朵是垂下來

的。」

「牠還小嘛，」八字鬍大哥很有經驗的說：「過幾個月再長大點，就會豎起來了。有沒有照片？給我看看。」

金髮的從手機按出照片遞過去，神色黯然：「這是我給牠拍的最後一張照片了。」

他大哥皺了皺眉：「什麼最後一張照片？」

「牠死了，剛剛上星期。」

「什麼！」八字鬍大哥一驚：「那你妹豈不是很難過？她最疼那條狗了。」

「還用說，哭了好幾天……我也不好受啊，養了十幾年的狗，家人一樣。」

「是喔。」刀疤大哥插嘴：「我小時候，家裡那條狗死了，我也哭了兩天。」

「嘿，」後面那個光頭的說：「要不要給你妹找一隻小狗？我家裡那隻生了一窩，剛剛斷了奶，你抱一隻回去吧。」

「現在嗎？」金髮的拂拂他的金髮：「我不知道啦……我妹心情還不是很好。」

「不要緊啦，先抱回去給她看，不中意就帶回來。」

「你還有多少隻？」坐在金髮的旁邊，一個手臂上有刺青的說：「我也想要一隻，可以嗎？我哥的兒子成天吵著要養隻狗。」

「可以啊，到我家去，要哪一隻你自己挑。」

「那我們現在就過去看看吧？」刺青的看著他大哥，像是徵求他的意見。八字鬍大哥點點頭，朝櫃台那邊招招手：「姊姊，買單了，都算我的！」

「那怎麼行？」刀疤大哥馬上反對：「我來，我來！」

「怎麼不行？是我叫你們來的嘛！大家兄弟，有什麼好爭的，改天你再請我就是了。」八字鬍大哥把小狗交還給看店的女孩，一邊從口袋裡掏錢。刀疤大哥還是一臉的過意不去，想了想，說：「你那部機車怎麼樣了？」

「哪部機車？」

「那天晚上撞壞的那部，我認識個修車師傅，拿去給他看看吧？」

「其實也沒有什麼……，不過看看也好。」八字鬍大哥付了帳，和刀疤大哥搭著肩膀走出去，他們倆各自的兄弟已經在門外等著，那個光頭的正在嚷嚷：「你衣袖放下來，把刺青蓋上！還有你，帽子戴好，染什麼金毛，黑道似的，待會不要嚇著了我媽！」那兩個拉帽沿的拉帽沿、捋衣袖的捋衣袖，邊低聲嘟囔：「本來就是黑道嘛！」「你媽不知道你在外面混什麼嗎？」……

等他們都走遠了，看店的女孩才鬆了一口氣。小男孩阿寶看著她：「姊姊，你叫我過來，有什麼事？」

「沒事，好幾天沒見到波波，想看看牠而已。」女孩笑說：「來，阿寶，姊姊請你吃蛋糕！」

金毛

他看著咖啡店另一角那個年輕金毛，好像又看到幾十年前的自己。幾十年前的他，頭髮當然沒染成金色，手臂上也沒刺青，但他們有他們那一代的服裝和髮型，讓人一眼就認出他們是幹什麼的。

他們的工作是照顧在酒吧、在夜總會上班的小姐，就像金髮刺青的年輕人照顧他身邊的女孩。女孩的服裝髮型和他們那一代的酒家女也有很大的差異，但同樣都在臉上施了太多的脂粉，以致遮蓋了這個年齡應有的純真，女孩的眼神顯出倦意，也和他那一代的酒家女一樣，儘管她們在客人面前都會堆上滿臉的笑容，和客人打情罵俏。倦意，只有在客人散去後才顯露出來。

這一代的女孩，她們上班的地點不再是酒吧，而是ＫＴＶ，她們接待的客人也不是美軍，而是來自世界各地的外商。當年的酒家女和不得不上戰場衝鋒陷陣的軍人，在瀰漫著硝煙氣味的首都萍水相逢之後，彼此都不知道還能不能再見，起碼還有點同是天涯淪落的相濡以沫，這一代的外商則純粹是來玩的，是大爺有錢、要你幹嘛就幹嘛的，沒有了那種朝不保夕的危機感，就只剩下感官的刺激了，他們不當ＫＴＶ的小姐是人，小姐也只視他們為會吐出鈔票的機器。

天淵之別的兩種心態，可能因為這樣，他覺得當年的美軍比現在的富商要有人性多了。至於女孩子們，他不清楚ＫＴＶ的小姐和當年的酒家女出身環境有多少分別？半個世紀過去，時代已經完全不同了，年輕的女孩不見得都來自貧困的農村，聽說有人純粹是因為工作輕鬆、賺錢容易，才到ＫＴＶ上班的。

他那一代的酒家女……，他暗暗嘆息，她們都已經是含飴弄孫的年紀了吧？現在流落在什麼地方？那些美軍呢？他知道很多美軍都沒能活到退伍，有的甚至不是死在戰場上——他知道，因為有一個就是被他殺死的，在燈紅酒綠的戰時首都。

他不記得那個美軍的樣子了，只知道他和他一樣年輕，二十出頭吧，被他推倒在地上，後腦不知碰到什麼，一動也不動，周圍的人還以為他只是昏倒了，怎麼都弄他不醒，才發覺已沒有了氣息。一個人怎麼這樣容易就死掉呢？他一時手足無措，回過神來，聽到有人在喊：快逃！他就逃了，逃出首都，逃到鄉下，躲在沒人能抓到他的地方，也就是越共的解放區，直到戰爭結束，戰勝的這一方卻封給他一個稱號：「抗美英雄」，只因為有個美軍曾經死在他的手下。

一個制度下被通緝的殺人犯，在另一個制度下就是英雄，他覺得荒謬極了，想到那個倒斃街頭的美軍，屍骸運送回國之後，他也會受頒什麼勳章、被視為戰爭英雄嗎？

他不必擔心再被起訴，但也不再想回到城裡來，最多就像今次這樣，來喝喜酒，住一、兩天就回鄉下，在鄉下這麼多年，他已經不習慣城裡的生活方式了。

這個咖啡店還不錯，這一帶比較安靜，尤其是晚上，可能不是開咖啡店的理想地點，但適合一個人靜坐。

金毛的年輕人帶著女孩離去，經過他面前時很不友善地盯了他一眼：「看什麼看，鄉巴佬，沒見過美女？」

他不好意思地笑笑，也許他剛才真的多看了女孩幾眼，僅僅只因為她令他想起另一個年代的酒家女。這金毛真的很像幾十年前的他，連那股兇相都像，一般人對這種人都敬而遠之，也不敢正眼看他們，但他不是一般人，不覺得金毛有什麼可怕的。如果金毛願意的話，他很想和他坐下來，比較半個世紀前後聲色場所的異同，但金毛顯然沒要跟他攀交情的意思。

「都一把年紀了，還想吃天鵝肉？老色狼一條！」

一陣酒氣撲鼻而來，他皺皺眉，金毛顯然喝多了，這家咖啡店不賣酒，不知他是在哪裡喝的，他察覺得出，除了酒氣之外還有怨氣，也許今晚還發生了什麼不愉快的事，遇上了哪個難纏的客人，才會喝了悶酒之後還滿肚子氣要找人發洩，就像——他警覺地站起來，這樣有什麼事也比較容易閃躲，一邊說：「小兄弟，回去休息吧。」

他盡量息事寧人，卻反而令金毛更火大：

「要你管！」

毫無預兆的，金毛一記左鉤拳就向他揮過來，好在他是習過武的人，而且已有準備，一抬手，堪堪擋住這一拳，但畢竟上了年紀，手臂隱隱作痛，要是被他打在臉上可不得了，金毛一擊不中，好像也有點意外，愣了一愣，右拳又直擊他面門，他看準來勢，一手抓住金毛的手腕，輕輕一帶，金毛馬上一個踉蹌，他暗暗搖頭，真的喝醉了吧，站都站不穩，怎麼出來混？他把金毛的手一扭，金毛馬上就矮了半截，他只要一推就可以把他推出門外，摔個狗吃屎——當年那倒楣的美軍就是這樣送了命的。

他暗嘆一聲，鬆開了手，對金毛身邊的女孩說：「你們走吧。」

女孩又拖又勸的，總算把金毛帶走了，他又坐了一會，直到咖啡店快打烊才離開，步行回借宿的朋友家，路上穿過一條照明不佳的小巷，他聽到背後有腳步聲，回過身，後面的人疾衝過來，他只來得及看到對方染成金色的頭髮。

第二天早上有人發現他，倒在離咖啡店不遠的一條小巷子裡，腹部被利器所刺，失血過多，已傷重不治。這一帶入夜後十分僻靜，行人不多，也沒有目擊證人，行兇者是誰已無法追查。

他蜷縮在暗巷一角，閉著眼睛，狀甚安詳，公安調查後發現他是從鄉下上來的，便通知家人領回他的遺體，但沒有人知道他原是本地人，年經時曾經逃離這座城市，幾十年都不願再回來。

而現在，他終於不需要再逃了。

輯三

只要你平安

她和他短暫談過戀愛，後來分了手，因為她覺得他沒有什麼大志——她不想說他「沒出息」，那好像是上一代或上兩代父母看不起女兒的窮男友時才會說的；她並不嫌他窮，但至少得為自己的未來規劃一下吧，可她從來沒聽他說過有什麼遠大的志向，沒有理想、沒有夢。她不想和這樣一個人過一輩子，所以就離開了他。

她自己卻是有理想、有目標的，並且鍥而不捨地為理想目標奮鬥，很多年後，她的奮鬥有了成果，有一份令許多人豔羨且能發揮她專長的職業、一個有社會地位又愛她的丈夫、一對乖巧聰慧的子女。

然後她輾轉聽到他的消息。他開了一家小咖啡店，已經好幾年了。

她特地從忙碌的日程表中撥出一個下午，到他的咖啡店看看。

咖啡店座落的並不是熱鬧的地區，熟悉市場學的她絕不會選擇在這裡開店，店裡的裝潢也沒什麼特色，簡單的桌椅、一、兩幅畫，倒是近門口處放了一個書櫃，擺滿了書。

也許不是週末或假期吧，店裡除了她之外只有一對男女，像是戀人，坐在靠玻璃窗的一角，顯然是全店最好的座位，可以一邊喝咖啡一邊看外面的街景，她記得他以前就喜歡這樣，泡一杯咖啡，坐在窗前發呆，往往可以坐一整個下午，她陪過他一、兩次，什麼都不做，浪費了寶貴的時光，她覺得無聊極了。

看店的是一個小妹，她和她聊了兩句，知道店主是她舅舅，平時都是他看店，哪天有事要辦，或僅僅只想放自己一天假，就找外甥女兒來當替工，因為客人不多，也沒雇用其他人。

她坐了一會，椅子坐起來很舒服，太舒服了，如果是她就不會挑選這樣的椅子，客人坐到不想走，營業額會受影響。

結果那天她沒碰到他，以後也沒再去過，她原本就不想碰到他的，知道大部分時間他都是自己看店，就更不想去了。經過了這些年，她也成熟了，了解許多過去不能了解的事，可以接受其他人的生活方式，不再因為他沒有大志而看他不起，只要他過得平安，這就夠了。

然後是新冠疫情來襲，他們的城市是重災區，日增病例過千，人人困坐家中，不能也不敢隨便到外面去，猶如坐牢的幾個月間，她常常想起他，他的咖啡店當然是暫停營業了，那樣的小咖啡店，想必不會有網站或網上下單外送等等服務，他撐得下去嗎？咖啡店會不會因此而關門呢？朋友圈都靠社交網保持聯繫，但她和他的朋友圈已沒有交集，而且他從來不愛使用社交網，這時更如失了蹤一般，每天報平安的朋友圈沒有出現過他的名字。

四個月後，疫情總算穩定下來，在能出門的第一天，她馬上趕到他的咖啡店，但店門仍然鎖著。她安慰自己：咖啡店是非必要業務，就算現在開門也不會有客人上門，不用急，再等等吧。

她每天都來咖啡店觀看，一天天過去，店門仍深鎖如故，她開始有點沉不住氣了：他不會有事的吧？並不是每個人都可以每天報平安的，疫情最高峰那兩週，有幾個朋友家中的長輩染疫不治，也沒法辦一場像樣的喪禮，也有人因此而感染了，住院或居家隔離，他會不會也病倒了呢？她知道他父母都不在了，但他孤身一人，要是病了有誰來照顧他？她看著咖啡店招牌上的電話號碼，幾次拿出手機忍不住想打過去，也許那只是咖啡店的電話，但也可能會連接到他的私人手機，她可以裝成客人，若無其事的問他幾時恢復營業，但萬一，萬一沒人接電話呢？啊那也不能說明什麼，只不過沒接上他的私人手機罷了……。最終她還是沒撥那號碼，也許潛意識裡她還是不想跟他直接通話？

然後有一天，她來到咖啡店外面，遠遠就看見，店裡的燈亮了，隔著玻璃窗可以見到裡面有人走動，然後開門出來，把幾張桌椅搬到門外。是他。

幾個月來的憂慮終於煙消雲散，如釋重負之餘反而感到雙腿有點發軟，很想衝過去擁著他，對他說：你沒事你沒事你沒事！但她只是站在那裡，靜靜地看著他安置好桌椅，迎接不一定會出現的顧客，靜靜地轉身離開，在心裡跟他說：只要你平安，我就放心了。

他擺好桌椅，站在店門前，環顧四周，街上還是靜悄悄的，只有兩、三個行人。這一波疫情算是過去了，但受了重創的城市，不知何時才能恢復往日的繁華。

倖存

病好後，他又回到久違的咖啡店喝咖啡，世界，已經變得完全不同了。他首先察覺的是：街上的流浪狗好像增多了，不知是不是受疫情影響。

他在醫院躺了三個禮拜，幾乎以為會熬不過去了，終於可以回家時，兩腿還是痠軟無力，爬一層樓梯都氣喘好半天。

先前封城期間，咖啡店也關了好幾個月，現在才又恢復營業，他們的咖啡依舊香濃，每天新鮮出爐的牛角麵包也依舊鬆軟可口，以前老伴最喜歡他們的牛角麵包，她從來沒和他一起來喝咖啡，「我這把年紀，還跟你一起泡咖啡店，像什麼樣子！」她總是說。他只好每次回家時都給她帶兩個牛角麵包。

疫後還是一樣，每次喝完咖啡，他都會帶著牛角麵包回家，儘管她再也吃不到了。

把鬆軟可口的牛角麵包放在她的靈位前，他無法不再想到那個問題：為什麼？

為什麼她走了，他卻活了下來？

是他先病倒的，從哪裡染到的已無法追究，她在照顧他的時候無可避免地也被感染，兩人確診後雙雙送院治療，但幾個禮拜後回來的只有他自己。

他對此一直無法釋懷，躺在醫院裡，他一再反覆問自己：我們的抗疫意識是不是仍然不足？在哪裡出了漏洞？是不是只要多洗一次手，是不是只要多戴一層口罩，這一切就不會發生了？

可是現在說這些又有什麼用？

如果真是註定的話，為什麼不讓他陪她一起離去？那樣的話倒也爽快，就像疫情剛開始的時候他自己說過：「要是真的被傳染上，我們這個年紀，頂多辛苦三五天，拍拍屁股去了，不也很省事？總比患上什麼慢性病，長期要人照顧好多了。」當時老伴還變了臉色，罵他說話不吉利，想不到昔日戲言身後事，今朝都到眼前來，卻沒有老伴再來罵他口沒遮攔了。

每天晚上他一個人躺在床上往往無法入睡，睜著眼到天亮，不知道他的人生還有什麼意義，不知道往後悠悠的日子如何打發。

他回家時在咖啡店外面又看見了那條狗。一身長毛原來應該是白色的，如今已變成骯髒的灰色，聽咖啡店的老闆說是附近一對夫婦養的，兩人都是外省來的民工，這一波疫情高峰期間先後染病不治，身後遺下一個小女兒，已經被鄉下的親戚領回去，這條狗也就成了流浪狗，每天在街上走來走去，撿到什麼吃什麼。

他以前也養過狗，看得出這是一條幼犬，但牠總是若有所思的眼神卻承載了幼犬不該有的濃濃滄桑感，從被豢養被寵愛的家犬變成流浪犬，牠一定也覺得難以適應，一定也覺得世界變得完全不同了吧。

他家離咖啡店不遠，總是步行來去，那狗也曾尾隨在他身後，大約是希望能討到點什麼吃的，晚飯後他見牠仍在外面逡巡不去，便把吃剩的飯菜倒在一個碗裡，放到門外，牠吃得一點不剩。在老伴靈前供了兩天的牛角麵包，他也撕碎了給牠吃，這樣餵過幾次之後，狗乾脆不走了，晚上就睡在他門外，而他從沒想過要收養牠，他太累了，完全沒有精神和心力去照顧另一個生命。

有一天下大雨，狗躲在他的屋簷下，仍然被淋得溼透，瘦小的身體不住發抖，他看了一會，終於長嘆一聲，開門讓牠進來。他給牠好好洗了個澡，回復原本潔白的毛色。

牠從此在他家定居下來，他去咖啡店時牠也跟著去，疫後倖存的一人一狗，他坐在店裡，牠躺在外面行人道晒太陽，不時抬頭打量路過的行人，若有所思的眼神像在找尋什麼。

一天他照例在店裡喝咖啡，看到外面晒太陽的牠忽然豎起耳朵，坐了起來，過了一會，有兩個穿著校服、戴著口罩的小女孩走過。疫情還沒完全過去，但學校顯然已經復課了。

牠目不轉睛的盯著小女孩遠去，眼神裡有企盼，也有失望。他忽然想起咖啡店老闆說過：牠以前的主人有個女兒。

他向咖啡店老闆打聽，老闆說：「牠以前的主人？就住在後面的巷子裡，一家三口租了個房間，房東有時也來喝咖啡。」

「還有個女兒對吧？被送回鄉下了嗎？」

「那我就不清楚了，你可以問問房東。」

外省來的民工日間要工作，狗應該是養來陪伴小女孩的，他不知道小女孩鄉下在哪裡，房東也不一定清楚，但總有辦法打探出來的吧。

喝完咖啡，他走到門外，狗馬上站起來。

「你在想念妹妹，是嗎？」

狗豎起了耳朵。

「我知道，」他說：「等我問清楚她去了哪裡，就帶你去找她。」

他邁開大步走回家，病好以來，他第一次覺得有了活下去的意義。待會兒吃過飯，就到後面巷子裡找那個房東，問問小女孩的下落。不知她哪個鄉下？遠不遠？不過他有信心一定會找到的。他開門時停下來回頭看看，狗還是寸步不離地跟著他。

「別擔心，」他說：「我們一定會找到妹妹的。」

傾城

那天她坐在咖啡店裡，他從外面經過，一轉頭看到她，他們馬上認出了彼此。

他不知算不算是她的前男友，應該不算吧，她在國內認識他，還沒有來得及發展成男女朋友，他就因為工作的關係被調到了外國，他們也就慢慢疏遠，好幾年前的事了。

「你怎麼會在這裡？」他難掩驚喜地問。

「總公司派我過來的，算是實習吧。你又怎會在這裡？不是被派去印尼的嗎？」

「在印尼待了一陣，又被調來這邊，沒想到會遇見你。我們真是有緣喔。」

她笑笑，不置可否。他又問：「你來了多久？」

「一年多，過來幾個月就遇上這個，」她手中的咖啡杯舉向門外，外面只有寥寥幾個行人，都戴著口罩，遠遠不同於她剛過來時的車水馬龍景象，那時的交通真的很誇張，她自己一個人都不敢隨便過馬路。

「所以你都沒有機會回家？」

「去年過年時還能回去，今年看來不行了。」她說：「疫情不知道還要拖多久，我原定在這邊兩年，所以一開始也沒放在心上，以為不過幾個月、頂多一年就會沒事了，現在搞不好我還得繼續待在這邊……」

「這樣也不壞呀。」他說：「往好處想，起碼這裡的情況穩定，不像其他地方那樣日增確診幾千幾萬宗，就當是避難吧。正好趁機會順便體驗一下這個熱帶國家的風情，認識一下它的歷史社會面貌。」

「也不用說得那麼正經，不過這個城市倒是滿有吸引力的，尤其是那些傳統的街巷，很有殖民地的風情。」

「而且這裡的咖啡不錯。」

「當然，世界馳名的。」她說：「還有可頌也很新鮮，外面酥脆，裡面鬆軟，恰到好處，不過你不要跟他們說可頌，他們聽不懂的，要說牛角麵包。」

「所以你一直都在城市裡？」他問：「沒有到遠一點的地方看看嗎？」

「還沒有時間，而且我的外語能力不是很好……」

「沒有關係啦，我告訴你，要觀光，這是最好的時機。」他完全沒必要的壓低聲音，像透露什麼天大祕密似的：「因為疫情的關係，旅遊業大受打擊，組不成國外團，只能辦一些國內的，而且價錢超便宜，我剛剛才到對面那家旅行社打聽過，有幾個團，中部北部南部任選，你有沒有興趣？」

「那不是有點趁火打劫嗎？」她笑起來。

「不會啦，有便宜不撿白不撿，而且這個時候有人報名，旅行社感激都來不及呢。」

就這樣，他們倆在工餘時間參加了不少旅行團，她也才有機會更深入地去認識這個國家的風土人情，同遊期間，他們似乎也相處得不錯，兩個被疫情困在異鄉的人，又來自同一個地方，自然有說不完的話題，全世界被疫情搞得焦頭爛額的時候，他們倆就像活在避疫天堂一樣。

可惜好景不常，下一波變種病毒終於把這個僅存的避疫天堂一下子變成了地獄，受感染的人數一下子暴增，而且連續幾個月居高不下，防疫政策漸漸變得嚴格，最後他們都困處在自己的住所，哪兒都不能去，只能靠電話短訊保持聯繫。

從她公寓的露臺往下看，街上更冷清了，偶爾只有救護車呼嘯而過，明明馬路上都沒有其他車輛，那刺耳的鳴笛也不知響給誰聽。她想起這本來是一個飽受戰火蹂躪的國家，這座城市也曾發生過激烈的巷戰，雖說已經是半個世紀之前的事了，有點年紀的居民應該還記得吧？她忽然有種時空錯置的感覺，覺得自己回到了幾十年前，正處身在一場生死格鬥之中，不同的是交戰雙方都沒有槍砲炸彈，這是科學與病毒的殊死戰，只有死亡的人數仍然是真實的。

不管怎樣，這座古老的城市是失守了。

她告訴他這些想法，他在電話那端笑起來：「這不是有點像張愛玲嗎？」

「什麼？」她沒聽懂。

「傾城之戀啊，香港在二次大戰淪陷，成全了范柳原和白流蘇……」

這似乎有點露骨了。她當然知道張愛玲和傾城之戀，但她從來沒有把他們和范柳原白流蘇聯想起來。她從來就不喜歡張愛玲筆下那些過分世故的男女，和他們對感情的算計，更沒有想過她和他之間的關係會因為這樣一場疫症而有什麼改變，儘管每天確診和死亡的人數很嚇人，但私底下她仍認為不過是一場規模比較大的流行病而已，也像一切流行的玩意一樣，遲早會過去的，而當這一切過去之後，世界就會回復正常，她會離開這裡，回到原來的地方，過她原來的生活，和他相忘於江湖。

她半晌沒答話，電話那端的他似也自知失言，氣氛一時有點僵，最後他勉強打了個哈哈，才算支吾了過去，但她知道，他們之間的關係再也不能像以前那樣了。

那次之後她沒再跟他聯絡，他似乎也明白，沒再打電話來。然後她也病倒了，不知從哪裡感染的，明明她已經很聽話的把自己關在公寓裡，哪兒都沒去，病毒還是悄無聲息地進入了她體內。確診後她選擇在家裡隔離，幸好她一個人住，不用擔心再傳染給其他人，也幸虧因為她是外國人，地方政權沒把她抓去強制隔離，聽說那些隔離區衛生條件都很糟糕，不是適合病人靜養的地方；另一方面公司也呵護備至的跟她保持聯繫、供應食物和日常必需品，她只需要躺平養病就好。

開始的兩天還不怎麼樣，後來病情有惡化的趨勢，到將近隔離期滿時她已十分虛弱，雖然感覺得到已漸漸復原，但體力耗損甚鉅，令她動都不想動。這時他的電話來了。

「聽說你確診了，不嚴重吧？」

「最嚴重的幾天已經過去了。」她覺得自己簡直就是氣若游絲。

「那就好。」他彷彿鬆了一口氣：「能不能走動？可以走出露臺嗎？」

「露臺？幹嗎？」

「我想見見你。」

「見我？你怎麼……」她掙扎著站起來：「你在外面？你怎麼能出門？」

「你不知道嗎？已經開始解封了。」

「解封？」她走到露臺上，陽光照得她睜不開眼睛，好幾天沒精神看新聞，她根本不知道外面已變成了什麼樣子，要是發現滿街都是喪屍她也不會太驚訝。

街上沒有喪屍，只有疏疏落落的幾個人，行色匆匆，他站在對面街上，仰頭朝著她揮手，口罩遮去了半張臉。

「過幾天你好些，我們再去喝咖啡，好嗎？」

她虛弱地笑笑，好懷念咖啡的香氣，好懷念坐在咖啡店裡的慵懶時光，好懷念和他一起無話不談的日子。

「好啊，等我體力好一點，就一起去喝咖啡。」

福將

坐在咖啡店裡，享受一杯美味的咖啡，他覺得自己完全稱得上是一員福將。

前幾次回來探親，他都來過這裡喝咖啡，但這一次的情況明顯不同了，街上見不到往日車水馬龍的熱鬧景象，雖然還不至於像西方國家那樣封城，但行人減少了許多，看起來也不會太令人不安，反而少了廢氣和噪音的汙染，也不能說是沒有好處。

他是疫情爆發之前回來的，疫情開始在歐美爆發以致肆虐全球時，他一時不能回加拿大，但也不覺得有「滯留」的感覺，要是在加拿大，很可能受封城的影響，足不出戶，他卻是個坐不住的人，要他關在家裡十天半月甚至更久，不等染上病毒，就已經要了他半條命了，這邊的疫情風平浪靜，日增病例不過兩位數，而且幾乎沒死亡案例，絲毫不影響他四出呼朋引伴喝咖啡吃晚飯甚至遊山玩水，連國家領導都忍不住出言挖苦先進的西方國家：「美國的電線桿要是有腿，也要走到我們這兒來！」是引用了船民潮時期流行的一句話，令他發出會心的微笑。

他年近八旬，堪稱健康，可能是年輕時的軍旅生涯鍛鍊出來的，他只當過兩、三年兵，沒真正打過什麼仗，戰爭就結束了，戰後他雖然也免不了要接受政治教育、思想改造，但一名小兵，並不需要像高級將領那樣長期服刑，不少還死在勞改營裡，他算得上是在這場戰爭中全身而退，幾乎毫髮無損，因為這個緣故，他對新政權說不上有什麼刻骨仇恨，反而還有點感恩。

儘管如此，新政權統治下的日子實在不好過，船民潮來了，他也曾經帶著妻兒去偷渡，搭客車到鄉下時不慎買錯了車票，在不知什麼鬼地方白等了半天，也不見有人來接頭，只好悻悻然回家，白白不見了一批金子，事後卻聽說他們本來要乘搭的那條船在海上發生故障，船上近百人一個接一個餓死，終於被外國商船發現的時候，只剩下不到十個活人。他又一次逃過一劫，從此不敢再輕言偷渡。

要到外國，偷渡不是唯一的方法。很多年後他兒子憑著和在加拿大的女朋友結婚而出了國，然後申請他和老伴過去，那時改革政策已見成果，生活不像早年那樣苦，他本想一動不如一靜，留在老家養老就好，老伴卻堅持要跟著兒子，「有這麼好的機會，到外面開開眼界不好嗎？」

到了加拿大沒幾年，入了籍，他發現自己已符合資格，可以申請老人福利，每月安坐家中就有政府送錢上門，是他移民之前沒想到的，算是意外之財，他從此候鳥般每年都回老家，每次都待上幾個月甚至半年，拿外幣回這邊花特別划算，不住旅館，租個房子也用不了多少錢。

這一次他回來，陰錯陽差變成了避疫，還是四處吃喝玩樂，和眾老友邊喝咖啡邊隔岸觀火的嘲笑西方國家疫情失控的狼狽情況，老友中只有老林一個人不以為然：「你應該趁還有機會的時候回加拿大的，一把年紀，留在這邊太危險了。」

「你不用替我擔心，」他信心十足：「我是福將，一向逢凶化吉，不會有事的。」

「希望快點製造出疫苗吧。幾時有疫苗出來，你在那邊可以優先接種的不是嗎？」

那時對付病毒的疫苗還沒研製成功，他像大多數人一樣，對還沒個影的疫苗抱持懷疑態度：「要是打了疫苗，以為不會有事，疏於防範，不是反而容易感染嗎？」

說到疏於防範，他注意到除了老林之外，這邊老友們的防疫意識明顯不如西方，但既然疫情不嚴重，也就無可厚非，倒是歐美的人對疫情談虎色變，惶惶不可終日，過猶不及，同樣不是好事。

「談虎色變啊？」在咖啡店裡，老林還是戴著口罩，只有喝咖啡時才拉下來：「這句話可圈可點唷，不是有那樣一個故事嗎？好像是孔老夫子說的，有個女人，老公被老虎咬死了，兒子也被老虎咬死了，孔老夫子問她說：這裡的老虎這麼兇，你怎麼不搬到別處去呢？……你知道這個故事的吧？」

「知道，苛政猛於虎嘛！」他脫口而出，才醒悟中了老林的計，果然老林嘿嘿一笑：

「沒錯，就是苛政猛於虎、苛政猛於病毒！就算對病毒談虎色變，也沒見有人逃離疫區像我們當年逃難那樣，你別被我們的領導人騙了，就算電線桿真的會長出兩條腿，也是要逃離苛政，不是怕老虎，更不是怕病毒！」

「可是這邊防疫成績輝煌，也是有目共睹的吧？」他負隅頑抗。

「是自我宣傳的成績輝煌。我可不覺得這些人懂什麼防疫抗疫，我自己當然也不是專家，不知道為什麼疫情沒在這裡爆發，可能只是僥倖，」老林憂心忡忡：「先前在社區出現過，馬上有強制封區的措施，但推行得很粗暴、很不人道，你知道的，上面有政策有指令下來，下面的人就照做，哪裡知道什麼叫人道？好在後來沒再繼續擴散……」

「那不就是有效嗎？管他粗暴不粗暴、人道不人道，有效就行！」

「我都看不過去了，你從文明的自由世界回來，怎麼反而認同不人道的做法呢？」老林說：「所以我說不明白為什麼沒大爆發，不過病毒不斷出現新的變種，下一次可能就沒這麼幸運了，萬一疫情出現大爆發，他們還是用這樣不科學不人道的手法抗疫，後果就很嚴重了。最可怕的是他們不會尊重個人隱私，把確診者的姓名住址在網路上公布，病人因此受到不必要的騷擾⋯⋯，如果不幸感染的是你，看著自己的名字像罪犯一樣被公布出來，你怎麼想？馬上有個勞動節連假了，跟著又是國會投票，都是群聚感染的機會，如果因此而造成大爆發，誰來負責？誰又敢說什麼嗎？⋯⋯唉，不說了，希望能平安度過吧。」

也不知該不該怪老林的烏鴉嘴，勞動節連假和國會選舉之後，疫情果然急轉直下，確診病例每天攀升，而他還後知後覺的到處跑，直到有一天去到咖啡店門外，發現店門緊閉，才如夢初醒，趕到咖啡店對面巷子裡老林的家，戴著口罩的老林沒讓他進門，還站得離門口遠遠的對他說：「封城了，回家待著吧。」

他喉嚨有點發癢，咳了兩聲才說：「什麼封城？不是假新聞嗎？昨天不是才發出聲明，叫我們不要相信封城的謠言嗎？」

「你才出國多少年，這麼快就忘了？凡是這個政府否認的，就一定會發生；凡是這個政府說是謠言的，就一定是事實。你還能回加拿大的話，就趕快回去吧。」

他又咳了幾聲，感到一陣寒意，摸了摸額頭，感覺不到有沒有發燒，不會這麼倒楣吧？他不是福將嗎？不是逢凶化吉的嗎？萬一感染了，他也會被帶去強制隔離嗎？聽說那些讓病人集中隔離的地方，只是臨時搭建的，設施條件都不怎麼好，他可以躲在家裡，不透露自己的病情嗎？萬一被地方政權發現隱瞞不報，又會有什麼後果？

他喉嚨更癢了，強忍著不咳出聲來，四周來往的人都神色倉皇，令他想起多年前的船民潮，人人都想著怎樣逃離這個地方，而他，早就逃出去了，怎麼又回來自投羅網呢？

現在要回加拿大，不知還來不來得及？

點滴

叫了杯滴漏式咖啡，然後等著咖啡一點一滴地落在玻璃杯中，落在杯底的一層煉奶上，就像幾十年前叔叔喜歡喝的「白小」。他記得叔叔帶他到街口那家粉麵店吃早餐，可能正在放暑假吧，他不用趕著上學，陪叔叔享受一碗雲吞麵或雞絲粉，吃完後，叔叔點根香菸，好整以暇地一邊抽菸一邊品嚐他的咖啡，好像也沒有要趕著上班。從前慢，不管大人小孩日子都過得很悠閒；那時他還不會喝咖啡，要等到十八、九歲他才開始和死黨們泡咖啡店。

他們喝的還是滴漏式咖啡，但環境艱難，連煉奶也不可多得，好在社會主義兄弟國家供應的糖不虞匱乏，熱帶地區的他們多數都喝冰咖啡，咖啡一點一滴地落入已加了糖的小杯子，熱咖啡滴完後就涼了，再倒進另一個有冰塊的玻璃杯，咖啡喝完了再加茶，可以坐好幾個小時，反正他們有的是時間，沒有什麼要等著他們去做，沒有學校、沒有工作、沒有未來。

他們相信未來在遙遠的國度，那也是他們喝咖啡時最常談到的話題，不聊家庭，不聊時事，甚至不聊女孩子，他們日常互相交換的訊息，都是家裡為他們安排到外國去的計畫及其進度，在接下來不長的日子裡，這些安排和計畫也一一付諸實行，一起喝咖啡的死黨們相繼離開，像隨風四散的蒲公英：阿福去了澳洲，老趙在德國，小豪定居在冰天雪地的明尼蘇達州，墨魚好像在加拿大哪個小鎮開餐館……其中也有一、兩個運氣不好的，像大豪和偉明，沒人再聽到他們的下落。

他自己的運氣也不好，但還不至於成為失蹤人口，兩次偷渡兩次被抓回來，每次都在牢裡蹲了幾個月，還不死心想再來一次的時候，她哭著求他不要再試了。

她本來是大豪的女朋友，大豪音訊杳然，死黨們七零八落剩他一個，她是唯一可以陪他喝咖啡的人。他第二次從牢裡出來，知道他還沒放棄偷渡的念頭，她在咖啡店就哭了起來。

「可不可以不要再去了呢？我已經失去大豪了，不想再失去你……」

他默然。他本來只當她是一起喝咖啡的同伴，而她顯然不這麼想；當他全部心思都放在外面廣大的世界時，他不知道他已經是她全部的世界。

咖啡在他面前不徐不疾的一滴滴落下來，像計時的沙漏，也像時間一樣無聲無息。他知道他必須作出一個重要的選擇。然而那是個兒女私情必須擱在一邊的時代，像老趙一度開玩笑地說：「匈奴未滅，何以家為？」所以他不能留在她身邊。他後來又偷渡過幾次，屢試屢敗，最後才死了心留下來。

太久遠以前的事了，他已經不很記得：是他因為沒有能力再偷渡、不得不咬著牙留下來之後，才柳暗花明的遇上了改革開放？還是因為改革開放，他有了正當的工作，日子慢慢好起來，才打消了偷渡的念頭？

不管怎樣，改革初期百廢待興，最能賺取外匯的觀光業迅速發展，他當上了導遊，遊客如潮水般湧進來，令他們應接不暇，最高峰的時期他曾經創下將近兩個月沒在家裡睡覺的紀錄，短短幾年間，他蓋了新房子，也結了婚，妻子卻不是大豪的前女友。曾經哭著要求他留下來，哭著說不能失去他的女子，反而嫁到外國去了，從此過著幸福快樂的日子。人生總是充滿了這樣令人哭笑不得的情境。

他成了業內的資深導遊，從帶領外國遊客的國內團，到帶領國人遊覽世界的國外團，他的足跡遍布每一處名勝古蹟，也嘗遍了不同國家的美味咖啡，但只有喝到傳統的滴漏式咖啡，才令他有回家的感覺。

他最後任職的旅行社對面不知什麼時候開了一家新的咖啡店，他一有時間就到那裡坐坐，叫一杯古早味的「白小」，看著黑色的咖啡不徐不疾地滴下來，彷彿又回到和叔叔一起吃早餐的時光，聞得到雲吞麵和雞絲粉熱騰騰的香氣，但時代不同了，他不能像叔叔那樣在店裡吞雲吐霧，要抽菸就得到外面去。

然後是新冠疫情來襲，經濟民生大受影響，旅行社更是首當其衝，眼看疫情不會很快消退，他當機立斷，決定提早退休，反正他已有足夠的積蓄，雖算不上富裕，至少不愁吃穿。

退休後，疫情仍然時急時緩，起伏不定，但只要咖啡店能開門，他都會來這裡喝咖啡，路上的行人比以前少了很多，而且都一律戴起了口罩，顯然正在學習適應新的生活方式，正如戰後那幾年，人人都把家裡的反動書籍燒個清光，剪去長頭髮、丟掉喇叭褲，只為了要在新的、充滿危險的環境裡苟全性命，好好地活下來。

看著馬路對面曾經風光一時的旅行社變得門可羅雀，他不勝唏噓，想起年輕時讀過的一首詞：

而今聽雨僧廬下，鬢已星星也，悲歡離合總無情，一任階前點滴到天明。

面前的咖啡還是不徐不疾地落在玻璃杯中，一點一滴，一點一滴，像流逝的時間。

輯四

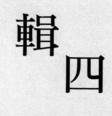

螳螂

她叫了杯咖啡，找個對著大街的位子坐下來，從這裡可以看到對面的肯德基快餐店。

她來早了，肯德基客人來來去去，她仔細審視每一個人彷彿搜尋獵物，但看來都不像。他發來過他的近照，她看著只覺得像個陌生人，沒法和久遠以前的記憶銜接起來，何況他年輕時的樣子在她記憶中已很模糊，家裡也沒有他的舊照片，那些照片早被母親燒光了。

所以她會見到的，將是一個七十多歲的陌生老頭，一個在外國消失了將近四十年又突然冒出來的父親。

父親並不是一到外國之後馬上就消失的，早些年她們還常常收到他的來信和照片，已經開始上學識字的她，努力地閱讀信紙上的每一個字，仔細端詳照片上的外國景色：春天的櫻花、秋天的紅葉、冬天的白雪。除了信，她們不時還收到小包裹，包裹裡都是布料藥物等，主要是讓母親拿去賣錢幫補家用，只有一次包裹裡有一個椰菜娃娃，父親在信上特別說明這是給她的生日禮物。

父親寄回來的東西，她只保留了這個椰菜娃娃。

她也問過母親，父親什麼時候才回來？母親笑著回答：父親不回來了，還要接她們到外國呢。她聽了心裡滿滿是喜悅，那是她度過的最美好的一段日子，天天想著幾時可以到外國去見到父親，見到那些櫻花、紅葉和白雪。

之後忽然就不再收到父親的來信了，母親也很少再提起他，她不知道發生了什麼事，小心地向母親打探，得到的回答是：「你爸不要我們了！」「出什麼國？誰稀罕！」

她不敢再問，回到房間裡，抱著椰菜娃娃哭著入睡。有一段時間她以為父親在外國發生什麼意外，死掉了，直到她長大後才漸漸明白：父親大概是有了別的女人，但母親從沒有詳細告訴她。

然後母親再嫁，在外國的父親慢慢地就淡出了她的記憶。

直到兩年前，她臉書帳號忽然收到一則短訊，多年以來杳無音訊的父親，又悄悄出現了。

他的短訊起初一、兩個禮拜才有一次，像試探她的反應，她則一律的已讀不回，但也沒有拉黑、封鎖他，他可能因此受到鼓勵，短訊開始發得更頻密，內容不外是懺悔，說沒盡到做父親的責任啦，希望餘生能做點補償啦等等，她不為所動，其實更想他談談這幾十年來的遭遇，他的家庭狀況，但這一方面他卻隻字不提，她也沒追問。

他懺悔的言詞雖沒能打動她，但她發覺自己也沒有十分憎恨他，這令她有點困惑：她覺得她應該是站在母親這一邊的，畢竟含辛茹苦把她撫養成人的是母親，而不是這個長期在她生命中缺席的陌生老頭，他給過她的，不過是一個椰菜娃娃。

小時她不十分了解父親為什麼要到外國去，那場對他們上下幾個世代都影響至深的船民潮，她長大後才慢慢整理出其來龍去脈，儘管成長過程中不斷有人告訴她，父親那一輩的偷渡者是貪慕西方社會的物質享受，她從來都不相信，父親的信雖然都被母親燒光了，但她讀過那些信，也還有印象，記得他描述的偷渡過程，被海盜洗劫的情景，記得他有幾次以為熬不過去了，記得他在難民營等待被第三國家收容的度日如年……，她知道他是難民的身分，也知道難民到了外國不會馬上就過著帝王式的生活，所以物質享受什麼啦那些，不過是騙人的鬼話，父親之所以要偷渡，是不得不爾的選擇，是為了她將來能過好一點的日子。

她只是不明白後來發生了什麼事，令父親銷聲匿跡，幾十年不聞音訊？

在沒弄清楚之前，她不知道如何處理對這個陌生老頭的感情，只好消極的已讀不回，算是她略帶愧疚的對母親的交代：「你看，我都沒理睬他。」但另一方面，她又從床底下放雜物的箱子裡把那個椰菜娃娃取出來，抱著她，在母親的靈位前呆坐良久。

她且悄悄地修改了社交網上的設定，凡是貼上家庭照片，有她丈夫兒女的都一律不公開，不讓他有機會窺探她的生活日常。

兩個月前他透露近期會回國一行，是聯絡上她之後的第一次回國，希望能和她見面云云，他探問她的住址，照例得不到回覆，他沉寂了一段時間，然後上星期發來一信，說他已回來了，約她出來一聚，地點是一家肯德基，時間是今天下午兩點。

她還沒決定要不要和他見面，便螳螂捕蟬的找了個可以觀察快餐店的地點，等他來了再做決定。時間一分一秒的流逝，快要兩點了，還是沒有像他那樣的單身老頭出現。他改變主意了嗎？也許他已經來了？也許他像她一樣，在附近什麼地方監視著進出快餐店的人，等她先來，他才露面？他為什麼不先寄張近照給她，讓她容易辨認？

她應該現身嗎？她發覺自己原來一直在害怕，這些年來她已經認定他是個拋妻棄子的男人，但潛意識中她仍然擔心事情是不是真的那樣，是不是還有她從來不知道的內情？他在短訊中為什麼隻字不提？當他們終於面對面時，他會把一切告訴她嗎？

當然不管他說什麼，都不一定是真的，可能是他編出來的，她已在心中假設過他可能會提出的種種藉口：異國的生活孤寂苦悶、時間和空間的隔離、不同的環境改變了他的想法、他認識了有共同經歷有共同語言的人……，也一一針對這些藉口提出反駁，但她有沒有忽略了什麼呢？她渴望聽到他的理由，卻害怕那是她無法反駁的理由。

咖啡店很安靜，剛才進來時店裡只有一、兩個客人，要約人的話，這家咖啡店比肯德基適合多了，為什麼他不選在這裡見面，卻選了肯德基？

她啜著手中的咖啡，望著馬路對面的快餐店，像一隻專注的螳螂，等待著蟬的出現。

黃雀

他坐在店裡一個隱蔽的角落，棒球帽遮去了一頭白髮，令他看起來年輕不少。

咖啡店是他在街上閒逛時偶然發現的，客人不多，環境清靜，他便約了她在這裡見面，她沒有回覆，他發給她的短訊從來沒收到回覆，他並不感意外，至少她沒把他封鎖，已經很好了。

這些年她母親是怎麼跟她說的？他雖不知道，但想像得出來，不外是說他在外國認識了別的女人吧。他不錯是認識了別的女人，但那是在和她母親分手之後，是他們分手導致的結果，不是原因。

真正分手的原因，在發給她的短訊中他從來沒提起過。他絕口不說那些昔日的恩怨，他對自己的書寫沒有把握，擔心用文字會交代得不清楚，最好還是彼此面對面，他把一切說出來，她有疑惑的地方可以直接提問，所以他耐心地等了這麼久，才從外國回來，要看著她的眼睛，告訴她：事情，不是你想像的那樣。

事情本來就像他們想像那樣進行，他到了外國後，努力工作掙錢，然後把她們母女接過去團聚。因為教育程度不高，又受到語言的限制，他最初只能找到一些付最低時薪的工作，每月從微薄的收入中扣除房租伙食等日常開支，省下的錢就給她們母女寄個小包裹，都是些容易賣錢的布料藥物等，這樣一來他就沒有什麼閒錢了，假期也只好呆在家裡，企盼著能早點一家團圓。憑著這一點企盼，他在異國熬過了最初的幾年。

閒著沒事他就給她寫信，告訴她工作如何勞累，告訴她異鄉的日子如何苦悶，告訴她美麗的雪景背後其實是零下幾十度的嚴寒、是溼滑難行的道路、是需要清理的積雪，還有就是下午四點天就開始黑了的漫漫冬夜……不知是不是這樣的描述把她嚇怕了，她在回信中提出了荒誕的建議：出國的事先不要談，讓她們母女繼續留在原居地，至少等到女兒長大一點，再決定要不要出國。

他閱信大驚，仔細問清楚之後才明白：她的意思是不打算出國了，她們母女可以靠他寄回來的包裹過日子，賣掉那些布料藥物有了錢，她還可以搞點小生意做做，過幾年環境好轉，他甚至可以回國和她們團聚……

他弄清楚了她的意思，卻無法理解：他冒著生命危險逃出來，不就是為了女兒的將來著想嗎？她和女兒不要出來，他一個人在外面幹嘛？他花了幾個晚上寫了一封長信，詳細為她分析說明，但她顯然沒把他的話聽進去，互相通了幾封雙方火氣都不小的信之後，她索性不再回信，直到好幾個月後他寄回去的信陸續被退回來，他才知道：她已經帶著女兒搬走了。

他又急又怒，她不願意和他同甘共苦，他不為之惜，但把女兒也帶走就太過分了，只是礙於當時的客觀環境，他算是背叛國家的人，不能馬上回來，在國內又沒有家人可以替他追查她們的下落，而且也是當時的環境使然，人人自顧不暇，沒人有餘裕插手管他的家務事，他空有滿腔悲憤，卻是無法可施。

如是者幾十年過去了。他仍然需要在冬天忍受零下的嚴寒、溼滑的道路、頑強不肯融化的積雪，但也學會享受春回大地的喜悅、享受太陽遲遲不願下山的悠長夏日、享受秋風乍起的颯爽……，只是他再也沒有機會告訴她、告訴他們的女兒了。

又過了很多年，所謂的客觀環境漸漸改變了，開放改革之後，他鍥而不捨地繼續打探她們的下落，也曾幾度回國，但都不得要領，直到垂暮之年，他才終於在社交網上找到了女兒的帳號。從她零星透露的生活碎片之中，他知道她母親已去世，也輾轉從朋友處得知，當年她母親確是認識了另一個男人，才決定放棄和他到國外打拼的，他也這樣懷疑過，所以並不太意外，如今他只想和女兒見一面，說清楚前因後果，女兒要是不肯相信，也沒有辦法了。

他挑了這個咖啡店作為見面的地點，但他想：女兒不一定會來，就算要來，多半也會先在附近觀望，等他進了咖啡店自己才現身，而附近就只有馬路對面的肯德基快餐店能看到咖啡店的情形，反之亦然，咖啡店也是觀察肯德基最好的角度，因此他約了女兒在肯德基見面，他猜測女兒必定會提早來到，並且在馬路對面的這家咖啡店等著他出現，螳螂捕蟬。

螳螂卻不知道背後還有黃雀，他在咖啡店隱蔽的角落，看著女兒一如他所預料的推門進來，他在網上見過她的照片，一眼就認了出來，她找了個可以看到肯德基的位子，沒有看他一眼，但他仍然拉低了棒球帽的帽沿，看看時間，距離約定的兩點還有二十分鐘，不急，他可以先複習一遍待會兒要對她說的話。

他看著女兒的側臉，眼睛和鼻子都像她媽媽，臉型剛毅的線條則有一點點他年輕時的輪廓。希望她是個理性的人，不會對他持主觀的抗拒，能平心靜氣地聽他說他的故事，她從來沒聽過的故事。

糯米飯

他遠遠就看到那家咖啡店，也看到坐在外面露天座位的老何。和老何坐在一起的，是一個他不認識的人，老何介紹說是他的同事。

「這地方不難找吧？」老何問。

「還好，這是新開的？前幾次我回來，你都沒帶我來過。」咖啡店的格調還不錯，這裡的平民咖啡店，露天座位多半都是擺幾張摺疊式桌子，配上廉價的塑膠矮凳，坐著喝咖啡的也是販夫走卒，這家店的桌椅起碼像樣點，有多少法式情調。

「開了也有幾年了，今天特別來這裡喝咖啡，是有原因的。」

「什麼原因？」

老何不答，轉頭對他同事說：「你知道我跟他是怎麼認識的嗎？」

「不知道。怎麼認識的？」

「我和他是難友，一起坐過牢的。」

「坐牢？……」那個睜大了眼睛，但隨即明白過來：「哦，你是說當年偷渡的時候……」

「我們這一輩人，坐過牢都是因為偷渡，不然你以為我殺人放火嗎？」

「那倒不會，」那同事笑起來：「你頂多像個偷雞摸狗的。」

老何說：「那次偷渡我和他一起被抓，關在牢裡，我還想揍他一頓呢。」

「為什麼？」那個轉過來看著他。

「因為他以為是我害他坐牢的。」他苦笑說：「他也不想想，要是我害他被抓的，我自己怎麼也被關了起來呢？」

「那他為什麼要怪你？」

「因為偷渡的組織人是他的親戚。」老何說。

「也不是什麼親戚啦。」他叫的咖啡來了，他喝了一口：「那傢伙的老婆和我媽媽是好朋友，就是現在說的閨蜜吧，我叫她阿姨，以前常常有來往，我最記得她總是煮一些好吃的東西給我們……。」那次偷渡失敗之後他並不放棄，再接再厲，結果第三次才成功，而老何卻沒有再嘗試，留了下來，如今過著和他截然不同的人生。眼前這個比他們年輕得多的同事顯然沒經歷過那些，都是幾十年前的事了，不曉得老何幹嘛又提起來。

一個老頭，一手捧著個竹簍，腋下夾著把摺椅，從他們面前走過去，走到幾個店位外的行人道上，打開摺椅，放下竹簍，就那樣擺起攤來。老頭經過的時候他彷彿聞到一陣香氣，令他想起那位阿姨以前常做的一種糯米飯。

當地人煮的糯米飯種類繁多，且都同樣好吃，有黑豆的、有花生的、有臘味的、有玉米的……，阿姨最拿手的糯米飯則是混入一種特別的果子煮的，煮出來的糯米飯呈鮮豔的橙紅色，加上那果子特有的濃烈香氣，是他小時最愛的甜食之一，阿姨用她的鄉音叫那果子「磨鶩子」，後來他上網查過，才知道正確的名稱是「木鱉果」，在國外這麼多年，他都沒有機會再吃到了。

「所以當那傢伙來告訴我們說他在鄉下有可靠的組織，保證安全的，我媽想都不想就讓我跟他去了，誰曉得根本就是詐騙……」

「有收你們的金子嗎？」

「怎麼不收？我連隨身行李的幾件衣服都給他吞掉了，坐完牢出來，我媽帶我到他們家鬧，要他把金子還給我們，他還裝成不知情的樣子，說自己也是受害人，但他當時身上穿的就是我的襯衫。結果我戳穿了他的謊話，金子沒討回來，反被他罵了一頓，那之後我媽媽就和他們斷絕來往了，幾十年來提都不願提起他們的名字。」

「知道他們後來怎麼樣了嗎？」老何問。

「知道又怎麼樣？」

「不怎麼樣，不過可能會覺得好過一點。」

他不解：「怎麼說？」

「看到那邊的老頭？」老何指著剛剛在人行道上坐下來擺攤的老頭：「就是當年騙了我們金子的傢伙。」

他大吃一驚，從他的位置只能看到老頭枯瘦的背影，怎麼也無法和當年粗壯的漢子聯想起來，當年那個揮舞著拳頭罵他的漢子：「再不滾，就報公安把你抓回去，再關幾個月！」而會煮好吃糯米飯的阿姨在一旁垂著頭，好像很怕她的男人，不看他們，也沒說一句話。

「你確定是他沒錯？」

「我雖然沒見過他幾次，又過了這麼久，但依稀能認出來，而且，」老何指著自己左邊的太陽穴：「他這裡有個胎記，錯不了的。他每天固定在這個時候來這裡擺攤，看來日子過得不怎麼好。我有次在這裡喝咖啡，認出他來，就等你回來時帶你來看看。」

他喝一口咖啡，沉吟半晌，站起來，緩緩走到老頭旁邊。

竹簍子放在老頭面前，行人道旁邊有一灘汙水，只要一伸腳，竹簍裡的東西就會被他踢進汙水裡。竹簍裡面是十幾二十份包得方正整齊的東西，用一層蕉葉加一層報紙裹好，中央微微隆起，不密封的蕉葉間隱約可見裡面的橙紅色，加上那特有的香氣，他肯定老頭賣的是木鱉果煮的糯米飯，他遙遠的鄉愁。

他站了一會，老頭才注意到他，抬起頭來，他看到他太陽穴上的胎記，但那眼神已沒有幾十年前的凶狠，甚至有點渾濁，可能是白內障，老頭顯然看不清他的樣子，即使看得清楚，大概也認不出他來了。

他蹲下來：「賣的是糯米飯？自己煮的？」

「我女人煮的，」老頭堆起笑容：「要幾包？」

「一天就只賣這麼多？」

「就只能煮這麼多。年紀大了，手腳不靈活，煮多了又怕賣不完……」

「你們沒有孩子嗎？」他記得阿姨的兒子約莫和他同齡。

「有一個兒子，那年開車到鄉下送貨，被大貨車撞死了。」老頭平平的語調，好像說的是和自己無關的事。

「你這裡一共多少包，我都要了吧。」

「全都要？」老頭瞪大了白內障的眼睛：「你買這麼多幹嗎？」

「家裡來了客人，」他隨口說：「小孩多，分給他們吃。」

老頭十分高興，從竹簍底下掏出幾個舊報紙糊成的紙袋，把那十幾二十份糯米飯裝進去，三個袋子都裝滿了，他掏出錢來，數了一疊鈔票給老頭，老頭一驚：「不用那麼多啦！」

「有多餘的請你喝咖啡。」他說：「早點回家休息吧。」

捧著三袋滿滿的糯米飯回到咖啡店，老何深思地看著他，像是無法理解他為什麼會這樣做，又像完全了解他為什麼要這樣做。

「你給了他多少錢？」

「不知道，四、五百萬吧。」老何吹了聲口哨，他只當沒聽到，四、五百萬對當地人來說是多是少，他沒有概念，也不想問。他從紙袋裡取出三包糯米飯，一人一包分給他們：「試試我阿姨的手藝。」

阿姨的手藝沒有退步，木鱉果糯米飯和以前一樣好吃。阿姨該有八十了吧，他記憶中的阿姨還是年輕時的模樣，而如今他自己的鬢角也都斑白了。老頭提著空竹簍和摺椅走過，還不住向他鞠躬致謝。

「這糯米飯真香。」老何的同事說：「噯，我有個主意，你阿姨手藝這樣好，不如做些甜品，交給這家咖啡店賣，怎麼樣？」

「算了，我也不想再跟他們有什麼瓜葛。」

「可以試試看的，」老何點著頭：「這樣起碼不用太辛苦，收入也比較穩定……」

那兩個開始討論起細節來，他也不理會，悶著頭只顧吃他的糯米飯。下星期他就要回美國了，這段半個世紀前的恩怨就讓它過去了吧。

責任

他永遠忘不了那命定的一天。

他在咖啡店從早等到晚，她都沒回來，他心神不定，匆匆吃過晚飯後，又到門外坐著，街上一片暗沉沉，半個城市都停電了，他們的咖啡店也是冷冷清清的，一整天沒幾個客人，看樣子也撐不了多久，遲早還是要關掉。他一個人坐到快打烊了，才見到她騎著腳踏車的身影在街頭出現。

「怎麼樣了？」他沒等她停下車，就迎上前去。

「還在醫院裡，說是中風。」她的聲音沙啞：「可能會半身不遂。」

「怎麼就偏偏在這個時候？……」他握緊了拳，這幾天她一大早就來他家裡等著，組織偷渡的人告訴他們，隨時會有人來帶他們到鄉下，要他們準備好個人證件和隨身的簡便行李，等了兩天還沒有動靜，今天早上，她才過來沒多久，她一個鄰居就趕來找她回去，說是她爸爸在家裡摔倒了。

「所以我明天不來了。」

他的心一沉，就怕她說出這句話。「可是，訂金……」

「有什麼辦法？」她擠出苦澀的笑容：「那個畢竟是我爸爸。」是一個不負責任的爸爸，一個整天喝酒，醉了就發酒瘋拿妻子女兒出氣的窩囊爸爸，一個她多少年來想盡方法要擺脫的爸爸。

在她終於有機會離開他的時候，他卻中風了。

他不知道該怎麼說，總不能叫她丟下母親自己照顧半身不遂的病人。

「有人來，你就跟他去吧，好好照顧自己。」這是她對他說的最後一句話。她調轉車頭，循來路去了。看著她瘦弱的背影踏著車遠去，心中只希望那個中風的酒鬼不要活過今晚。

他的願望沒有實現。第二天快中午時，帶路的人終於來了，看到他有點詫異：「咦，不是兩個人的嗎？」

「就我一個。」他沒有解釋什麼，提起小行李袋，跟爸媽打個招呼就出了門，咖啡店還是一樣冷清，半個城市也還是在停電中。他回頭看看，不切實際的希望她會在最後一刻趕來，她當然沒出現。從此他再也沒見過她。

很多年後，沒經歷過他們這一場大逃亡潮的小輩，聽說了他這個故事，聽說了那個因為父親中風而錯過下船機會的女友，常常會問他：那你怎麼不留下來和她一起呢？

小輩們可能浪漫電影看多了吧，在那些電影裡，總是有甘願放棄自己夢想的男主角，只為了要和女主角長相廝守，但現實不是這樣的，在當時的環境，這根本不是一個選項。她在最後的一刻決定留下，是她認為她有責任照顧患病的父親，即使那是個不稱職的父親；而他，同樣肩負著無可推卸的責任，他是一家人的希望，唯有等他安全到了外國，才能幫助一家大小離開這個地方，他留下來的話，放棄的不是他自己、而是弟妹們所有人的前途和夢想。

若為自由故，你當然可以放棄許多重要的東西包括生命；但你遲早也會發現：有時你得為了責任而放棄自由，至少是一部分的自由。

他沒有辜負家人的期望，儘管花了不短的時間，他總算像拋出救生圈似的，把父母弟妹一個一個接過來，當他的任務終於完成，已經是好多年之後，她也已經從他生命中徹底消失了。

他相信她是故意和他斷絕聯絡的，他還在難民營時，她就在給他的信中說得很清楚：她爸爸不知道要拖多久，他既然已到了外國，就該為自己著想，不要再惦記著她了，漸漸地寄給她的信她也不回，最後一個妹妹過來之前想通知她，才知道她已悄悄地搬了家，他因此推測他那酒鬼父親想必還沒死，還像鐵鍊一般鎖著她的腳踝，即使他拋出救生圈，也解救不了她，她明白這一點，不想拖累他，才跟他斷絕音信。想到她這麼多年來在那樣的環境中獨自照顧父母，他的心就隱隱作痛。他是願意等她的，十年、二十年都沒關係，但她沒有給他機會。

這些年來，他也結交過女朋友，但都不長久，彷彿內心深處他還保存著一絲希望，他們曾經為了對家人的責任而放棄本身的幸福，現在卸下了責任之後，他希望還能重新找到彼此，儘管他不知道要怎麼去找她。當年共同的朋友都已散落世界各地，能聯絡上的幾個也沒有她的消息。

這一蹉跎，三十年就過去了。

期間國內的改革已經開始，像他這樣的當年難民都紛紛回去探親，雖然對所謂的改革成果興趣不大，他仍然利用每年的假期回去過幾次，主要是尋訪她的下落，當年冷冷清清的街道，不知哪裡冒出來這麼多人，機車取代了以前的腳踏車，成為主要的交通工具，每一條大小馬路都水洩不通，那個一度衰敗破落的城市像要補償什麼似的，以令他暈眩的速度不住地擴張，每一次回去都感覺比上一次更擁擠、更繁華、更陌生，而要找到她的希望也更渺茫了。

即使能找得到，她也不是當年那個她了吧？

他回到以前的家，小咖啡店當然早已不在了，甚至整列房屋都已拆掉重建，咖啡店的原址，現在是一家旅行社，旁邊開了家肯德基。肯德基和其他快餐連鎖店的出現，令這座城市長得越來越像其他國家的現代都會，也離他記憶中的老家越來越遙遠，他不禁想：當舊的房子被拆掉之後，還有人記得發生在那些房子裡的故事嗎？還是隨著殘垣敗瓦被掩埋、被抹煞、被遺忘？

好在這個地方的人一向喜歡喝咖啡，街上永遠不缺咖啡店，下一次他回來時，看到馬路對面開了另一家，便進去坐坐，沒記錯的話，這裡原本是一個五金店，店裡出乎意外地安靜，只角落裡有個年輕人，埋頭在筆電上專注地打字，不時又停下來注視外面的街道彷彿斟酌適當的字句，是個作家吧，他想，這咖啡店倒是個理想的寫作地點，他好奇年輕的作家在寫些什麼故事，會不會寫他們這一代的悲歡離合？故事裡有沒有浪漫的情節，有沒有人為了和情人長相廝守而寧願放棄自己的夢想？

之後他偶爾會來這裡喝咖啡，天氣好的時候就坐在外面的露天座位，隔著馬路凝視對面的旅行社，他有個錯覺，彷彿只要他坐得夠久，她騎著腳踏車的身影就會從大街另一端出現，像很多年前一樣，他會起來迎接她，然後和她一起坐下來喝杯咖啡，細說這幾十年來的滄桑浮沉，在繁華陌生的街道上一起回憶那個灰暗斷電的老舊城市。

假期就快結束了，他又得回美國去。不知道還會回來多少次？再過幾年退休之後，或許可以停留更長的時間，但他已有點心灰意冷，他開始覺得，他們的緣分已經盡了，也許他該接受這個現實，三十多年前當她騎著腳踏車離去，他就永遠失去她了。

說不定這是最後一次回來了，他想。

眼神

他們在一個街口停下來。記得當年他單槍匹馬過來闖天下時，這裡的街道還是一片荒蕪，行人稀疏，馬路上腳踏車比機車多，房子像被密封在時代囊中，維持著戰爭結束時的樣子，且都灰濛濛的沒有一絲光澤。從那時起，他就看著這座城市脫胎換骨，逐漸長成一個現代化的都市。

「就是這裡。你看怎麼樣？」

他回過頭，卻看見她一臉訝異、不可置信、甚至有點倉皇失措地盯著眼前的建築物。他把視線轉回去，這一列房子是新建的，外觀不錯，但不至於讓人驚豔，而且她的反應也不像是對建築物的讚嘆。

「有什麼不對嗎？」他小心地問。

「這就是你朋友開的、開的……旅行社？」

「是的，就像我跟你說的，他們是我以前的員工，人很老實可靠……」

從推行開放政策以來，這裡的旅遊業一直蓬勃發展，旅行社幾乎是穩賺不賠的生意，當他聽到老部下有意經營旅行社時，就想到用她的名義參與投資，當然資金由他出，這個主意毫不意外的遭到她的拒絕。

「你要投資就自己投資好了，幹嘛把我扯進去？生意的事我又不懂。」

「不是要你出面經營啦，股東而已。我不能常常在這邊，你就當幫我看店吧。」

「幫你？是你要幫我吧，難道我看不出來？我現在一個人，日子還過得下去，你的好意我心領了。」

最後他說好說歹，總算說服她先來旅行社看看，要不要答應沒關係，她才勉為其難的跟他來了，她看到地點後的反應卻出乎他意料之外。

他們在旅行社旁邊、也是新開的肯德基坐了下來。他滿腹疑問，但決定等她先開口。

「你記得我們是怎麼認識的？」她問了個彷彿不相干的問題。

他當然記得。那年他剛從台灣過來開廠，租了個房間，她是同棟房子的租客，家裡還有個半身不遂的父親需要長期照顧，平日只能接點手工活來補貼家用，他初來乍到，人地生疏，她幫了他不少忙。後來他的工廠上了軌道，他搬去別的地方，還不時回來看她。

「這個旅行社，」她說：「以前是一家咖啡店，我男朋友的家。」

「你男朋友……？」

於是她告訴他許多年以前的事：她和男朋友正計畫一起偷渡，訂金都已付了，一、兩天內就要動身，她的父親偏偏在那時中風，半身不遂，她沒有辦法，只好留下來，男朋友則照原定計畫下船，後來到了美國。

「他家人對我很好，他寄包裹回來，他們都會分我一份，」她說：「後來他們一家人陸續被他接去了美國，我在他最後一個妹妹出國之前搬走了，故意不告訴他們、不留下聯絡地址，就是不想他繼續寄信寄包裹回來給我。我不得不留下來，那是我的命，不關他的事，他在外國，有他的前途、他的人生，不能被我耽誤了，當我決定留下來的那一刻，我就知道，我和他是不可能再在一起了……」

亂世中的悲歡離合，幾十年後再說起來，也只落得雲淡風輕，他很訝異原來她居然也有過偷渡的念頭，不，不只是念頭而已，已經付諸實行了，只是造化弄人，令她不得不留了下來。這個準現代化都市的繁榮表面底下，顯然還埋藏著過去許多不足為外人道的辛酸，「電線桿有腿也要逃」這句話原來一點也不誇張，那位開旅行社的老部下就對他說過：「沒有人是心甘情願留下來的，我們都是運氣不好，逃不出去吧了。」逃出去的目的只有一個，留下來的人卻有不同的原因：有人被騙、有人籌不到路費、也有人像她這樣，在最後一刻發生了不可預見的意外……。

「所以我遇見你的時候，你也是剛剛才搬到那裡對吧？」

「是啊，說起來也真什麼……」她搖搖頭：「我是因為要避開他才認識你的，想不到兜了一個圈子，現在反而因為你，我又回到他以前的家來。」

她最後接受了他的建議，成為旅行社的股東，他覺得那位失聯多年的男朋友才是主要的原因。雖然人已不在，房子也拆掉了，她對這個地點顯然還有著割捨不斷的感情，所以才同意加入旅行社，不是像他說的幫他看店，而是幫前男友看顧舊居，看顧那早已不存在的咖啡店。幾年前她父母相繼過世後，他曾要求她跟他回台灣，她沒有答應，他也不勉強，現在想起來，可能她繼續守在這裡，是希望失聯多年的男朋友會回來尋找她吧？

「所以他家裡以前是開咖啡店的嗎？……」他看看四周：「我覺得這附近就是少了一家咖啡店。」

彷彿要滿足他的願望似的，過了兩年旅行社對面果然開了一家咖啡店，格調不錯，他常常和她到那裡坐，她開始跟他說一些男朋友以前的事，說到最後她總是嘆息：「不知道他現在怎麼樣了？」「他都快六十歲了吧？說不定都兒孫滿堂了。」

這三十年來她過得並不好，艱苦的日子令她看起來比實際年齡蒼老，但當她說起往事時，她的眼神變得年輕起來，她看著對面的旅行社，沉浸在回憶中，他知道她看見的不是新建的旅行社，而是很多年以前的小咖啡店，他從來沒有機會認識的年輕的她，和男朋友在討論即將實現的偷渡行動，對不可預知的航程、不可預知的凶險，他們的企盼、興奮和不安。

他常常在街上看到那樣的眼神，多年來在這邊，他已學會一眼看出那是從外國回來的人，年齡幾乎都在六十開外，是幾十年前千方百計要逃出去的船民，現在回來了，佇立在他們以前的家門外，呆呆地凝視著或更破舊、或已改建得面目全非的房子，那眼神有依戀、有緬懷，面對無可挽回的過去，也許滲雜著一點點的遺憾，以及一份事已至此的豁然和寬容。

一天他自己一人到旅行社開個會，之後有點時間，便到咖啡店坐坐，天氣很好，他坐到外面的露天座位，邊喝咖啡邊滑手機，滑著滑著，偶爾一抬頭，旁邊的座位什麼時候坐了另一個客人，樣子不怎麼顯老，但從鬢角的灰白可以看出年紀已不小了，他凝神望向前方，就是那種垂老之年回到故鄉，看到以前的家園的眼神。

他轉頭順著他的視線望去，發覺他凝視的是馬路對面的旅行社。

他沉吟半晌，低下頭，從手機裡按出她的號碼。

「喂？是我。會開完了……，我在咖啡店，就是旅行社對面這間。今天天氣很好，你要不要過來？……OK，二十分鐘，我等你。」

鬼屋

我到咖啡店給爺爺買咖啡時，看到了那個陌生的客人，我猜他是外國回來的，自從疫情減緩、解除旅遊限制之後，觀光探親的人才又多了起來，不過我注意到他，是因為他正在向咖啡店老闆打聽鬼屋的事。

那間鬼屋就在咖啡店後面的巷子裡，兩年前年我跟著大表哥偷偷進去過一次。

鬼屋已經荒廢好多年了，據說在我出生之前好久就沒人住在那裡，不，甚至在大表哥出生之前那已經是一間空房子了，我們只知道最後住在那裡的是一個瘋子，關於這個瘋子的事我們都是聽大人說的，說他瘋雖瘋，倒也不會騷擾別人，只是一個人坐在街上，有時喃喃自語，有時哭，有時笑，街坊們常常給他一些吃的，天黑了他就回家去，然後有幾天人家都沒見到他，想他會不會病倒了，到他屋子裡去找，才發覺他已經死了。

瘋子死後，那房子就開始鬧鬼，住在周圍的人繪影繪聲，說是晚上屋子裡會傳出說話的聲音，有時候是小孩玩鬧聲，雖然不是特別吵，但從一間沒人住的房子裡傳出來，就夠駭人的了。因為這個緣故，房子幾十年來一直丟空著，沒人住，也沒人要把它買下來拆掉改建。

大表哥要我陪他一起進鬼屋探險的時候，老實說我是有點害怕的，但我不想在他面前示弱，便硬著頭皮答應了。

兩年前的疫情還不太嚴重，不至於被關在家裡不能出門，我們瞞著大人，吃過晚飯後溜出來，走到咖啡店後面的巷子裡，鬼屋在巷子的盡頭，白天也很少人進來，晚上更是一片荒涼，雖然天還沒全黑，但外面的街燈照不到這個角落，加上屋子的牆外雜草叢生，看來更陰森可怖。房子的正門上了鎖，但後門的鎖早就壞了，誰都可以推門進去。

大表哥帶著手電筒，但手電筒的光照得不遠，我不安地問：「不會有老鼠吧？」「這裡沒人住，沒有食物，老鼠是不會來的。」大表哥說：「不過可能有蝙蝠。」

蝙蝠就是會飛的老鼠吧？我不知道大表哥這樣算不算是安慰我。屋子裡有一股臭味，我們取出口罩戴上，這場疫情唯一的好處是，如今人人身上都帶著口罩，隨時可以拿出來用。從後門一進去應該就是廚房，在手電筒的照射下，看見四處是蛛網，灶頭上還放著幾隻碗碟，蒙著厚厚的一層灰，門邊是座樓梯，大表哥用腳試了試，確定不是木樓梯，是水泥，才放心走上去。

我心裡有點發毛，緊緊跟著大表哥，上到二樓，樓梯的扶手是木做的，已經腐朽了，大表哥叮囑我不要碰，不只扶手，屋子裡其他凡是木製的部分，像門框窗框等都斷裂了，水泥牆壁也有很多剝落，看來就是不鬧鬼，這房子也不能住人了。

我們走進靠近樓梯口的一個房間，手電筒的光四處照射，最後停在牆上的一張照片，鏡框的玻璃已蒙了一層汙漬，依稀看得出是一張全家福，共有七、八個人，這是那個瘋子的家，他也在這張照片裡面嗎？他的家人呢？瘋子本來也是好好的嗎？後來為什麼會變成瘋子？我看著照片裡那些模糊的人像，他們模糊的微笑，隔著黃黃的鏡片看起來十分詭異。他們都到哪裡去了？他們遭遇了些什麼？一種莫名的恐懼令我背脊發涼，我有點後悔跟大表哥來了，正遲疑著要不要叫他趕快離開，冷不防有什麼東西從我身邊倏地掠過，差一點點就要碰到我的臉，我驚叫起來：

「那是什麼？」

「蝙蝠。」大表哥說：「告訴過你有蝙蝠的嘛。」

我再也待不下去了，拉著大表哥走下樓梯，兩腿還不住的打抖。結果我回家後病了一場，爸媽發現我們偷偷去了鬼屋，把我和大表哥都罵了一頓。

我買了咖啡回去給爺爺，順便提起那個陌生客人。「以前沒見過的。」我說。

「他打聽那房子的事？」爺爺從來不叫它鬼屋：「那人多大年紀？」

「和爸爸差不多。」

爺爺喝了兩口咖啡，想了幾分鐘，放下咖啡杯到外面去，我跟著他，一前一後走進了咖啡店，但那客人已不見了。

「你要找剛才那客人？他到後面巷子去了。」咖啡店老闆說：「你可以從我這後門出去，不用繞遠路。」

咖啡店後門外面的巷子盡頭就是鬼屋。我從爺爺後面探頭張看，也不見那人的影子，爺爺走到鬼屋外面，那後門當然還是虛掩著的，他推開門，鑽了進去。

我猶豫了一下，在鬼屋受驚的記憶猶新，不過最後還是受好奇心驅使，跟了過去，一進門就發覺，廚房沒有上次我們進來時那樣暗，因為現在是白天，舊式的房子又多半有採光的天井，天光從上方照下來，看起來就不那樣陰森了，我在心中暗暗咒罵大表哥：上次我們為什麼不在白天來呢？那樣的話我也不會被嚇病了，誰規定到鬼屋探險一定要在晚上的？

鬼屋白天不可怕，但氣味還是一樣難聞，我又戴上了口罩。

我看得清楚，廚房裡沒人，前面的客廳也沒人，爺爺的聲音從樓上傳來，我跑上樓梯，在上次那個房間找到他，陽光從破了的窗口透進來，髒亂的房間看起來沒上次那樣可怕，剛才咖啡店的客人也在，正和爺爺說話，見我上來，看了我一眼。

「這是我孫子阿寶。」爺爺說，又繼續先前的話題：「……所以他是你姑丈？」

「他太太是我一個遠房表姑，是的。」客人伸手取下牆上的全家福照片：「一家人，只剩下他一個。」

「聽說船都沒開，就什麼了……。」

「對，公安只想多收金子，也不管船才有多大，下面的艙擠進了太多人，超載了，一往下沉，誰都攔不住。」客人長嘆一聲：「他當時還在岸上，沒進艙，所以才……」

「你好像很清楚嘛。」

「當時我也在場啊。我媽讓我跟他們一起去的，我和姑丈都還在岸上，船一開始沉，大家都慌了，他發了瘋似地要往水裡跳，是我死命拉住他的……早知這樣，不如由他跳下去，還可以一家人在一塊，省得他後來……。」

爺爺搖搖頭：「回來之後就瘋了。」

「我後來再去偷渡，到了澳洲，過幾年把我爸媽也接了過去，以後的事，都只是聽人家說的……，是你發現他的？」

「他常常在街上晃蕩，我隔壁的老林注意到幾天沒見到他了，擔心他有事，便找了幾個人一起到他家裡看，我是第一個上到這兒來的，在這個房間裡找到他。」爺爺指指頭上的一根橫梁：「七手八腳把他解下來，早就沒氣了。」

澳洲回來的客人把手中裝相片的鏡框翻過來，打開背後的墊板，取出照片。我在旁邊踮起腳看。

「他們兩夫婦、四個孩子，大的跟我同齡，小的好像才十歲，還有這個是姑丈的媽媽……。一家七口，一下子去了六個，換是誰都會瘋掉。」

因為有鏡框的保護，照片仍完好無缺，所有人的笑容都被保存得好好的，也因為沒有了鏡框上那層黃黃的汙漬，照片裡的人像是封鎖幾十年後被解放出來，笑容看起來格外開朗。

「最初這空房子也分配過給一、兩家人，但人家一聽到發生過什麼事，就不敢搬進來了。」爺爺說：「所以房子裡的東西幾乎都沒動過，只有比較大膽的小偷來偷點東西，其實也沒什麼好偷的了。」

「我這次回來，」客人說：「是想給表姑一家人做場法事，然後清理一下地方，把房子拆了，蓋一間新的，分租出去。聽說這巷子裡有幾間都是這樣，租給外省來的民工，或者大學生。」

「那樣也好，都這麼多年，也該讓他們好好安息了。」

「我有個朋友承包建築工程，蓋房子的事可以交給他，接下來可能還要跑幾個政府部門，看看有什麼手續要辦……」

我在旁邊聽了半天，他們說的都是幾十年前爺爺年輕時的事，我半懂不懂，只知道鬼屋就要拆掉了，鬼屋的原址會蓋上新的房子，新房子蓋起來之後會怎麼樣？那個我從沒見過的瘋子，連同他一家人的故事，就不再有人記得了嗎？

我忽然有種說不出的悵惘，好像有什麼我還沒來得及好好認識的東西，正在慢慢離我遠去，並將永遠消失。對這座散發著腐臭氣味、曾經嚇得我落荒而逃的鬼屋，我不知為什麼竟有點依依不捨起來。

輯五

平行

那條巷子外面有一棵大樹，八歲那年，他在那棵大樹旁邊和爸媽失散過。忘了當時他們去哪裡，只記得是傍晚，他們在回家的路上，他走在前面，並沒有離開爸媽太遠，看到那棵樹，樹身粗得可以把他整個擋住，他便繞到樹後躲起來，想等爸媽經過，再從後面追上去嚇他們一跳，或者看他們怎樣著急的尋找他，結果等了好久，爸媽都沒出現，他不耐煩起來，探頭出去看，街上人來人往，其中並沒有爸媽的身影。

他不敢走開，在樹旁站了好久，蒼茫暮色中人群從身邊流過，就是看不到爸媽的蹤影。他們不會也躲了起來，和他玩捉迷藏吧？他有點不安，終於忍不住離開大樹，循來路走去，才走出十幾步，就聽到爸爸在背後喚他，他們原來也在那附近找他，那天晚上回家後，被媽媽數落了一頓，任他說破了嘴唇，爸媽都不肯相信他一直站在大樹旁。

「我知道是什麼原因，」許多年後，那個女孩對他說：「你走進另一個平行空間去了。」

「平行空間？」

「你一定聽過平行線和平行平面，」擅長數學的女孩說：「平行線是同一平面上不相交的兩線，平行平面是同一空間內不相交的兩平面，由此推論，在同一時間內必定也存在著互不相交的空間，就是平行空間。」

奇怪的理論，他根本摸不著頭腦：「可是，為什麼是同一時間？」

「因為時間可以視為第四度空間。你說的那棵大樹，可能就是兩個平行並存空間的通道。有時候此一空間的人會不小心進入了彼一空間，大多數人，像你那樣，在短時間內就會回到原來的空間，只有極少數的——」

女孩的解釋並沒有使他更清楚：「極少數的，怎麼樣？」

「不是有失蹤的人一直沒有找到嗎？這些人就是進入了另一空間，卻永遠不再回來，他們仍然活著，也許還活得很好，但在我們的世界，他們只是一個個無法偵破的失蹤個案。」

「他們為什麼不再回來？」他又想起八歲那年的傍晚，在大樹旁守候的驚恐心情。另一個空間，會有什麼不同嗎？

「我不知道，」女孩說：「也許他們找不到回來的路，也許他們自願留在那邊，我不知道。」

「這樣的話，豈不是有很多人會在這裡失蹤？」

「嗯，對哦，但事實上沒有，為什麼呢？」女孩皺著眉頭想了片刻：「你躲在樹後，當時心裡在想什麼？」

「想什麼？……沒有啊，只是想把自己藏起來，不讓大人看見。」

「這就對了。因為你本身有了要躲藏起來的意圖，它才會對你發生作用。」女孩結論。

他仍半信半疑，但之後偶爾會經過這裡，他都小心地不再走近那棵樹，儘管那女孩解釋說，平行空間的進出口會因為磁場而改變，並不會固定在一個地方。有時他也頗好奇，想知道如果他消失在大樹的那一邊，而且不再回來，又會怎樣呢？但這念頭只是一閃而過，他對這一邊的世界，對這個現實空間的生活並沒有不滿，沒有要離開的意圖，即使站在樹旁，應該也不會像小時候那樣失蹤吧。

他也思考過女孩所說的，發現有更多的問題：另一個空間也有他這個人嗎？如果他留在那邊，豈不是有兩個一模一樣的自己？他的爸爸媽媽呢？……而最可怕的是：他怎麼知道他已經回到原來的世界呢？八歲那年失散後再見到的，是這個世界的爸媽？還是另一個世界的？……細思極恐，他想再問個清楚，但為他解說平行空間理論的女孩，後來也慢慢失去了聯繫，滿腦子奇怪思想的那女孩，竟也像她自己所說的失蹤者那樣，消失得無跡可尋。

也許她真的去了另一個空間，永遠留在那邊了。他有時會這樣想。

直至他結婚生子，生活漸漸變得安定而有規律，他仍不時會想到那棵大樹，想到另一個世界不可知的一切。但他同時也明白，家庭與工作已把他鎖得緊緊的，即使他願意，也再不可能一無羈絆地遁入那個平行空間去了。

他忽有所悟：這大概就是為什麼失蹤懸案的主角多半都是小孩了罷，成人世界有太多的牽掛，只有小孩，只有對這個世界尚不負有責任或義務的小孩，才能在進出平行空間時，可以自由選擇他們喜愛的世界來定居。

然後有一天，他和妻子帶著小兒子又走過這條街，兒子正是當年他和爸媽短暫失散時的年齡，走近那條巷子的時候，他下意識地拖緊了兒子的手，邊注目尋找那株神祕的大樹。

但大樹已經不在了。他吃驚地發現，巷子外面大樹原來的位置只剩下一個微微隆起的小土丘，他牽著兒子的手，繞著土丘慢慢踱了一圈。什麼都沒有發生。回頭看看，走在後面的妻也沒有消失，世界還是他熟悉的世界。

「怎麼了？」妻子察覺他若有所失的神色。

「有點累。」他說：「對面有家咖啡店，坐下來歇歇吧。」

給兒子叫了一塊蛋糕，他向咖啡店老闆打聽那棵大樹。

「砍掉了。」老闆說：「砍了也有兩、三年了吧，不是有一次打風很厲害嗎？吹斷了幾根很粗的樹枝，還好沒砸傷什麼人，之後管理行人道的部門有派人來檢查過，說是樹根鬆了，隨時會倒下來，很危險，就把它砍去，樹根也挖掉了。」

老闆走開後，妻子好奇地看著他：「你怎麼知道那裡有棵樹？」

「以前常常來這裡的嘛。」他隨口答，望著對面的馬路，大樹已經不在那裡了，他說不出自己是什麼感覺，似乎覺得安心，但同時也有一點點悵惘，通往另一個空間的門已對他永遠關閉，不管這是不是他原來的人生，不管這是不是他原來的世界，他都別無選擇，必須在這裡終老了。

一生

她坐在咖啡店角落靠牆的位子，繼續寫一篇構思已久的小說。小說情節在她心中醞釀了一段日子，前幾天才開始動筆，但進行得不是很順利，昨晚躺在床上，輾轉反側了一會，不知怎的忽然思潮澎湃，一些瓶頸豁然貫通，結果興奮得難以入睡，現在精神還不是很好，點的咖啡又遲遲不來，害她不停打呵欠。

小說情節大致已安排好了，只有幾個次要人物還沒構思完成，咖啡店像平時一樣客人不多，靠門一張空桌子不知為什麼擱了一杯還冒著熱氣的咖啡，令她有點納悶，除此之外就只有另一個男客，坐在那裡滑手機。她觀察他的外貌衣著，打算以他為模特兒，寫成她小說的其中一個配角。

她揉揉酸澀的眼睛，像畫家畫素描一樣，在黑色封面的記事本記下他的樣貌特徵、體格髮型、衣服顏色……，冷不防那男人一抬頭，和她目光相接，她像小偷犯案當場被逮到，慌亂地低下頭，那男人卻笑笑，起身向她走過來。

「不介意我坐下吧？」

她擠出個禮貌的笑容。「對不起，我不是……」她有點語塞，不是什麼呢？不是偷看他？但她明明就是偷看嘛，雖然那純然是職業上的需要，但要怎麼解釋呢？

更要命的是，這男人長得還算不錯，應該有資格當上她筆下的第一男主。

「我在這裡見過你幾次了，」他的聲音低沉有磁性，很好聽：「你都在埋頭寫些什麼？」

「是……小說。」

「啊，你是作家？」

「沒出版社肯要的作家。」她撇撇嘴，是自嘲，也是事實。

「不要緊啦。」他說：「重要的是要堅持下去。」

結果她寄望甚高的那部小說，寫完後也沒受到出版社的青睞，和其他稿子一樣無緣面世，她則和鼓勵她堅持下去的男人談戀愛、結婚生子，風風雨雨一起度過了半輩子，他們倆都有穩定的工作，日子過得平凡而快樂，年輕時的作家夢漸漸就如晨霧般消散，不復再提起。反而他有時好像可惜她埋沒了自己的天分，問她：「為什麼不再寫？」她一時也不知如何回答，想了一會才說：「寫作是一個自我尋找、自我肯定的過程吧，我有了你和孩子，生命已經有了意義，不用再靠寫作來尋找或肯定什麼了。」

等到孩子都大了，離巢獨立，他卻病倒了。纏綿病榻一年整，他終究還是不敵病魔，臨終前，他握著她的手，說：「我走了，你要堅持下去。」「我會的。」她答。兩天後他溘然而逝。

沒有他的日子，她一個人在城市遊蕩，漫無目的地穿過大街小巷，並不刻意要尋尋覓覓，卻禁不住回想：這悠悠一生之中，到底她得到過些什麼、又失去了些什麼？

一日她信步來到這個街口，發現自己站在一家咖啡店前，就是當年她認識他的那一家，她如見故人，不能置信這麼多年來咖啡店仍一如往昔，連招牌都沒變過。她推門進去，生意還是像幾十年前一樣不佳，只有寥寥一、兩個客人。

她走到當年常坐的角落，點了一杯咖啡，暗暗驚異年輕的侍應和以前那個老闆怎麼長得那麼像？難道是他的兒子？然後她一低頭，看見桌子上有一冊黑色封面的記事本，是哪個客人忘了帶走嗎？她隨手翻開來看，字跡竟然那樣熟悉……

她點的咖啡來了，瓷器和桌面碰擊的聲音驚醒了她。

「該死！怎麼就睡著了？」

看看牆上的掛鐘，應該只是打了個小小的盹，頂多一、兩分鐘。她揉揉酸澀的眼睛，抹去嘴角的口水，拿起咖啡杯，猛的灌了一大口，這才清醒過來，繼續在記事本上揮筆疾書。

那邊空桌子上的咖啡還冒著熱氣，對面那個男人也還在低著頭滑手機，渾然不覺剛剛可能不到一、兩分鐘之間，他曾進入一個陌生女人的夢中，與她牽手度過了一段人生。

迷路

他喜歡迷路的感覺。

記憶中第一次迷路卻是驚恐的，那年他只有不到十歲，放暑假百無聊賴，在家附近的街上遊蕩，穿過幾條平日不常走的街巷，走著走著，身邊的景色忽然變得陌生起來，兩旁房子的門窗款式、商店招牌、路上的行人、攤販，照眼皆不認識，連或友善搖尾或狐疑戒備的狗隻都像來自另一個世界似的，他愈走愈心慌，有一種失去重心、漂浮在外太空的奇異感覺。最後不知怎麼拐了個彎，眼前赫然是他常去看電影的戲院，這才豁然開朗，像是從另一個世界回來了，也才發現剛剛置身的彷彿異次元空間，和他住的地方其實不過隔了兩個街口。

從此他就迷上了「迷路」這件事，長大到可以自己騎車四處去之後，他一有空就獨個出行，脫離自己的日常動線，進入一些偏僻的街道、曲折的巷弄，明明其中往來男女衣著悉如外人，他仍然有種闖入另一個世界的感覺。他闖入，享受那種失去重心的飄浮感，然後又不為人知地悄然退出。

有機會到外地旅行時，他也忍不住要四處去探索，那些觀光客必到的景點，他一點興趣都沒有，總是想盡辦法中途脫隊，溜到尋常巷陌去實地觀察當地人的生活日常，不熟悉的風景（因為沒在旅遊指南手冊上出現過）、不熟悉的語言口音、連人家煮食冒出的煙火氣味都是陌生的，卻對他有種難以言說的吸引力，他想像自己可以在其中安身立命，放棄原來的身分，像警匪片裡面指證罪犯後的受保護證人，或者《麥田捕手》中少年荷頓夢想的那樣，改名換姓，度過一種全然不同的人生，他想像著那種種可能，流連良久不忍離去，往往令遍尋他不獲的同行旅伴大為光火。

這幾年老了，沒有精神和體力遠行，但他還是一有時間就到外面走走，讓自己在都市叢林中迷失，雖然這麼多年來，可以說每一條大街小巷他都走遍了，而且不騎車，光靠兩條腿不能走得太遠，但可能因為近年來經濟蓬勃發展，到處都在大興土木，不斷有新的建築物取代了舊的，見慣了的景物往往出其不意地變得煥然一新，令他每次出門都有意想不到的驚喜，常常在某地佇立，興味盎然地觀賞了半天，才恍然認出來：啊原來是這裡！

有一、兩次他真的迷路了，畢竟年事已高，記性不太好，最後須勞煩警員送他回家。新婦（註：廣東人稱媳婦為新婦，婦音普）並不因此限制他的行動，只是做了個小牌子讓他掛在脖子上，牌子上有姓名住址聯絡電話等，不認得路就拜託人家幫忙打個電話，最後總能平安回到家裡。

要是走得累了，他就隨便找家咖啡店歇歇，邊看著玻璃窗外的行人，邊小口小口地品嘗杯中的咖啡，不敢喝得太快，彷彿那是他來日無多的人生，令他倍感珍惜。

剩下的日子真的不多了，他知道自己不久之後就要啟程前往另一個地方，但他一點也不害怕，甚至還滿懷期待，因為他知道他真的將會在那個旅程中永遠迷失，不再回來了。

今天找到的這家店，咖啡還不錯，環境也安靜，適合情侶談心，也適合一個人發呆想事情，端咖啡給他的服務生和他孫女兒差不多年齡，看著有點眼熟，也許他以前來過，街景也似曾相識，但他記得對面的行人道上好像有一棵大樹的，這裡沒有，不會是被砍掉了吧？好端端的一棵樹，為什麼要砍掉呢？

這樣好的咖啡店，下次有機會還要再來——但他隨即想起：下次出來時，恐怕他不會再記得這家店在哪裡了。

咖啡店的電話響起來，鈴聲輕柔不喧譁，並沒對客人造成干擾。年輕的服務生拿起電話，她的聲音也同樣輕柔：「喂？……是的，爺爺在我們這裡……，坐了好一會了……他好像很喜歡這裡喔，這個禮拜已經來過三次了……他還沒有想要走，就讓他多坐一會兒吧……好的，你們遲些再來接他……好好，就這樣。」

穿越

認識他的人都知道：他要不是在喝咖啡，就是在去咖啡店的路上。

此刻他就是在去咖啡店的路上，手上沒有咖啡杯，只有手機，邊走邊滑，頭也不抬，這段路他已經走慣了，閉著眼睛都可以走到咖啡店。

看完一段有趣的影片，他輕輕笑了幾聲，不經意地抬起頭，只是為了確定一下位置，他知道再往前走半分鐘左右，向右拐，就是他平時常去的咖啡店了。他有幾家喜愛的店，這只是其中一家，隔不了幾天就要來這裡坐坐——他忽然停下腳步。

有什麼不對勁的地方。

他馬上就發現是哪裡不對勁：在他的前方有兩個外國人。外國人在街上出現當然沒有什麼不尋常，但他面前的這兩個外國人，卻是穿著軍服的，而且一眼就看得出來是比較古老的軍服，好像是以前殖民地時期的法國軍人。

前殖民地的軍人，怎會在他面前出現？他驚訝地抬眼張望，卻見到街上為數不多的幾個行人，身上穿的都是古老的服裝，一個年輕女人甚至還穿著旗袍，髮型也是幾十年前的款式。再看看四周，店鋪的樣子也不同了，他記得很清楚，這裡對面馬路有一間賣手機的，旁邊是一家麵館、電器店……，但現在他看到的是一家中藥房、理髮店、洋服店……。

難道走錯了路，走到另一條街上來了？但那些店鋪招牌看起來非常陳舊，他肯定是幾十年前的東西，現在街上已經看不到了，何況那些人的服式又那樣古老，他好像一下子回到幾十年前的世界去了。

他忽然想起好像聽誰說過，有人在這一帶不知道怎麼迷了路，明明沒有岔到哪裡去，但走著走著身邊的景物就不同了，然後再走了一會，忽然又看到原來熟悉的街景，可能只是個都市傳說，但也有人言之鑿鑿，說這附近有個蟲洞，可以穿越時空……，他聽過那些說法，卻從來沒放在心上。

可是，如果那些說法是真的呢？如果他真的穿越到這樣一個時空來呢？

他仔細觀察那些店鋪的招牌、路上行人的服裝、古色古香的房子……，他常常在一些懷舊的網站上見過那些照片，屬於一個遙遠而單純的年代，生活節奏好像比較舒緩，物質當然是相對地貧乏的，但那時的人不知道未來會發展成什麼樣子，自然也就沒有什麼具體的期盼，恬然地在他們的時代裡過著安分的日子。

單純、舒緩、恬然安分……，聽起來好像很有吸引力，如果可以選擇，他願意留在這裡嗎？當他已享受過了未來社會一切舒適方便的設施，他願意放棄那一切，回到幾十年、也許一百年前單純的世界嗎？

那兩個穿制服的殖民地軍人饒有興味地打量著他，穿旗袍的女人走過他身邊，也頻頻回過頭來，他猛然察覺自己的衣著髮型都和他們迥異，手中還握著手機，一看就知道是外來者，這是會引起誤會的，馬路對面已有人指著他，大聲叫嚷，他聽不清楚叫些什麼，但明白自己的出現已給這裡的人造成困擾，他舉起一手，為自己的誤入致歉，然後加快腳步，走到街口，拐了個彎，馬上他回到了現代的世界。

馬路上還是擁擠的人流車流，人行道上也依舊停滿了機車，汙濁的空氣，忙碌累人的現代社會，他嘆了口氣，若有所失，像聊齋故事中的書生，不敢再回頭看，生怕剛剛經歷過的美好景象，一回頭就會變成雜草叢生的一堆荒塚枯骨。

他走到咖啡店坐下，聽到老闆正在跟客人聊天：

「恐怕花了不少錢吧，是大製作呢！」

「才兩天的工夫，這效率也挺高的！」客人說。

「當然，時間就是金錢，一點也浪費不得。」老闆過來招呼他：「你也看到了嗎？就在這裡過去半個街口。」

「你說的是那部電影？在這裡取景是吧，我剛剛就從那邊過來，」他笑起來：「一路看著手機，沒留意，一個不小心就闖進人家的拍攝場地了。」

「好像馬上要開工了，你闖進去，他們沒攆你出來？」

「我發覺人家在拍片，馬上溜了。」他說：「那些布景很逼真呢，一開始嚇了我一跳，以為真的穿越到幾十年前去了。」

如果真的回到幾十年前，他會怎麼樣？他是選擇留在那邊呢，還是回到這個世界來？他有選擇的權利嗎？他啜著咖啡，仍然沒有個肯定的答案。

車禍

她把他的咖啡端上來。

「不陪我坐一下嗎？」他笑著問。

「先生，我們沒有陪坐服務的。」她板著臉說，馬上又忍不住笑起來：「不行啦，今天我要看店。」

「沒關係嘛，你坐這裡也可以看店呀，反正現在也沒客人。」

「我們這裡客人原本就不多，現在就更什麼了……，都是這場疫情害的。」

「還算是好的，沒像外國那樣，封城封得民不聊生。」

「也不要高興得太早了，病毒不住變種，只怕防不勝防。」她在他對面坐下，但馬上又站起起來：「我差點忘了，你等等。」

她走到櫃台後面，很快又走出來，手裡握著一炷點燃了的線香。她走到咖啡店外面，行人道上有棵樹，她把香插在樹旁的泥土裡。

她然後回到櫃台後面，給自己倒了杯咖啡，才在他對面坐下來。

他看著外面樹邊那炷香：「那是……？」

「一宗車禍，死者是我們店裡的客人。」

「這裡發生過車禍嗎？沒聽你說過喔，什麼時候的事？」

「好幾年前了……三年，不，有四年了吧。」

「那時我還沒認識你。」他說：「所以今天是他的忌日？」

「每年這一天，我要是在店裡，都會給他上炷香。」

「車禍發生的時候……你也在店裡？」他知道咖啡店是她舅舅的，平時都是舅舅打理，有需要時才叫她幫忙看店。

「是呀。」她嘆了口氣：「我算是目擊證人呢，甚至還不止。」

「不止什麼？不止是目擊證人？什麼意思？」

「我總覺得，」她咬著下唇：「是我害死他的。」

他大吃一驚：「怎麼這樣說呢？你怎麼會……？」

「死者是個年輕人，那段時間，他常常來喝咖啡。你後面那張桌子，就是他最愛的位子，事發那天他也是坐那裡。」

她兩手握緊了咖啡杯，他寬厚的手則握緊了她的，等著她說下去。

「喝完咖啡他付了帳出門，我收拾桌子時發現他留下了一副墨鏡，便追出去叫住他，把墨鏡還給他。」

「然後呢？」

「我回到店裡，他走下馬路就被撞到了。你知道我們的行人道上都停滿了機車，不然就是開店的人把貨物都擺到外面來，行人常常要走到馬路上……」

「我知道，我也試過開車的時候幾乎撞到行人。可是那又關你什麼事？怎說是你害他的呢？」

「是我把他叫住，把墨鏡還給他的呀，如果不是那樣耽擱了一下，他就不會被撞到了。」

「原來你是這樣想……」他鬆了一口氣：「根本不關你的事啦。要怪也只能怪他把墨鏡忘了吧。後來開車的人抓到了嗎？」

「沒有，給他逃了。」

「你沒看清他的樣子？」

「我沒看到，不是剛剛說了嗎，他被撞倒時，我正轉過身要回店裡。」

「那你也不能算目擊證人了。」

「我是眼看著他……」她搖搖頭：「我聽到驚叫聲，回頭就見到他倒在地上，但馬上又站了起來，拍拍褲子上的土，繼續往前走，我以為他沒事了，誰知道他沒走出幾步，又摔倒了，這一回沒再起來，臉色很難看，周圍的人這才亂成一片，等到救護車趕來，已經沒救了。」

「可能跌倒的時候撞到頭了吧……」他舉起咖啡杯，望向門外，行人道不算窄，但除了咖啡店的幾副桌椅之外，還停了不少機車，霸占了路人的空間。他的目光忽然凝注不動，彷彿陷入深思，過了半晌，他從口袋裡掏出手機。

有客人進來，她連忙迎上去。

給客人泡好了咖啡回來，她發覺他呆呆地注視著自己的手機，臉色有點蒼白。她皺皺眉：「你怎麼了？」

「剛剛你說的車禍……」他壓低了聲音：「是四年前？」

「是啊。」

「四年前，」他舔舔嘴唇：「有個朋友從外國回來，我不大肯定是不是四年前的事，剛剛查看了手機裡和他吃飯時拍的照片。沒錯，是四年前。」

「那又怎樣？」她不明白。

「那天他約我和幾個朋友吃飯，我去晚了，車開得快了一點，差點撞上路邊的一個行人。」

「差點？」她的臉色也變了：「有沒有撞上？在哪裡？」

「我不記得是哪一段路了，也可能就在這附近。」他額頭上冒出了汗珠：「不過我剛剛也查看了照片的日期，不是今天，是一個多禮拜前。」

「不是西曆的今天。」她更正他：「今天是他農曆的忌日。」

他不語。過了一會才說：「可是我沒撞到他。是差點撞上，他閃開了，然後不知被什麼絆倒，我也沒逃走，我聽到後面好像有人摔倒，便在下一個街口的紅綠燈前面停了下來，回頭看看，見到他爬了起來……」

「然後你就開車走了？」

「他站起來了呀，我又趕時間，就沒再理會，誰想得到……」

她不知道該說什麼，只好喝一口已經涼了的咖啡。過了一會他才開口：「所以是我撞死他的嗎？不，他不是我撞倒的，可是……我算是過失殺人嗎？」

「你沒碰到他不是嗎？他自己摔倒的不是嗎？」

「我說我沒碰到他，誰會相信？人家會以為我說謊，為自己開脫，何況他是因為要閃避我的車子才摔倒的……」

「那也是他不遵守交通規則吧，行人是不該走在馬路上的。」

「說的也是……，行人道被堵塞，行人要走到馬路上，那不是我的錯。那麼我要去報案嗎？」

「報案？」她不安地問：「那就算是自首了嗎？」

「該說報案吧。把案情講清楚，有罪沒罪讓法律來判定，」他說：「法律不只是要懲罰犯法的人，也要保護沒犯法的人，如果我沒犯法，如果是行人不遵守交通規則——」

「不遵守交通規則的行人，已經死了。」她說：「不管你有罪沒罪，他都不會活過來了。」

他沒出聲，半晌才說：「不管怎樣，我還是先給他上炷香吧。」

失落

「這裡以前是一間書店，專賣舊書，十幾年前了。看到那個櫃子？」他指著近門邊的一個書櫃：「是以前那間書店的，不知為什麼留了下來，好像以前的店有一部分還保存在這裡。」

十幾年前的書店，現在是咖啡店。書櫃放在那裡，也不會顯得不協調。

「你以前常來？」

「每天都來，假裝看書。」

「假裝？」她詫異地問：「其實是要幹什麼？」

他喝一口咖啡，望向外面，馬路對面的巷子外停著一輛迎親的花車，他記得那裡以前好像有一棵大樹。「中午吃過了午飯，我就來這裡，等個大約五分十分，她就會從對面的巷子裡騎著單車出來。」

「她是誰？」

「小學的校友。她比我高兩屆，那年的遊藝會，我們班有一個合唱項目，我在排練的時候認識她，她是畢業班，暑假過後就升上中學了，我打聽到她住在這裡，每天來，看著她騎單車上學，有時也騎車跟著她一段路，但都不敢和她說話。」

「所以她不知道你的存在？」她笑起來：「好純情喔。」

「那時我一直在想，過兩年我畢業了，也要升上她讀的那間中學，可以再見到她，那時我可能就有勇氣和她說話了。」

「後來呢？」

「後來我就發生了車禍。」

「啊對，你告訴過我的。你騎單車，被一輛卡車撞倒那次？」

「嗯，傷得很重，我昏迷了兩天，醒來後又休養了很久，才慢慢康復。」

「昏迷了兩天喔……會有腦震盪嗎？」

「是有一點，剛醒來的時候很多事情都不記得了，我爸媽哥姊不斷跟我說以前的事，又讓我看一些舊相片，才一點一點地記起來。但有時候我不免懷疑：那些真的是我本人的記憶嗎？我真的經歷過那些嗎？小時候的玩具、和哥哥打架、被老師責罵、跟爸爸去動物園……那些都是真實的嗎？還是被移植過來的記憶？」

「她呢？你也不記得她了嗎？」

他搖搖頭。

「可是後來又想起來了？為什麼？那是你自己的祕密，其他人都不知道，沒人能幫助你想起來的啊。」

「我有寫日記的習慣。」他又啜了一口咖啡：「車禍之前那段時間，日記的主要內容都和她有關，翻閱以前的日記，看著看著我就記起了大部分的細節，只是……」

他的眼神有一抹失落，她隱隱察覺那是個他不願觸及、也不輕易讓外人進入的地區，不想追問，但還是忍不住問：「只是……怎麼樣？」

「我再也沒有那種感覺了。日記裡所記述的那種魂牽夢縈、朝思暮想，那種青春期小男生對愛慕對象的患得患失，再也找不回來了，我讀著日記裡的文字，明明就是我的筆跡，敘述的卻像是不相干的別人的故事。」

馬路對面迎親的花車還停在那裡，衣著光鮮的年輕男女走來走去，新娘大概快要出來了吧。先前的疫情高峰期間，婚事不能辦，喪事也不能辦，街上已經有好幾個月沒看見這樣熱鬧的景象了。

「以後你就沒再見過她？」

「結果我小學畢業後也不再想和她同校，升上了另一間中學，很少再來到這一區，也沒有機會碰到她，現在連她的樣子都想不起來了。」他說：「我總覺得，有一部分的我，在那場車禍中死去了。」

他保存著那冊日記本，像這家咖啡店保存著舊書店的書櫃，提醒他：過去的、消逝了的，不會完全不留下痕跡。

馬路對面，新娘終於從巷子裡出來了，一對新人被簇擁著來到花車旁，新娘抬起頭，望向對面的咖啡店，那裡好多年前是一間書店，她剛剛升上中學時，每天有個小男生在書店假裝看書，其實是等她出來，小男生和她同一間小學，低她一、兩屆吧，她在畢業前的遊藝會上認識他，後來她上了中學，他不知怎麼打聽到她的住址，常常在這裡出現，她騎著單車上學，他默默跟在後面，卻沒跟她說過話，這事連她母親都知道了，不時拿來說笑：「我們家妹妹長大了哦，有小男生追上門了呢。」「胡說，才不是啦！」她紅著臉抗議，心裡卻有種莫名的喜悅。

但過了一段時間，好像第一個學年還沒完，那個小男生就沒再出現了，她每天仍然按時出門上學，卻不再看見他的身影，她若有所失，不知道他為什麼不再來了，搬了家？認識了別的女孩子？她忽然強烈地懷念起他來。

此後她再沒有遇見過他，過了這麼多年，就算碰了面也認不出來了吧，但在即將踏上迎親花車的這一刻，在即將展開人生新的一頁之前，她看著馬路對面的咖啡店，彷彿又看到很多年以前那間專賣舊書的書店，看到店裡假裝看書的那個小男生，也在怔怔地看著她。

她很想知道：這些年來，他過得好不好？有沒有想起過她呢？

樹

她們每人叫了一杯咖啡，可能是因為對方的身分，她有種預感，覺得這不會是單純的老朋友敘舊，也許是要談她兒子的事。

「學校怎麼樣？不是他有什麼問題吧？」

「沒有沒有，」做老師的推推鼻樑上的眼鏡：「他的成績一向很好，你知道的，尤其是數學，和你以前一樣。」

「那都是唸書時的了，數學再好，現在又有什麼用？」她說，馬上自覺失言，用手掩住嘴：「對不起，我不是說你。」

「不要緊，你以前還不是常常說，數學可能不很實用，但可以訓練我們的邏輯思考？你兒子就很擅長邏輯思考。」

「是你教得好。」她淺淺一笑，旋即又皺起眉頭：「那麼你今天約我出來是……？」

「其實也是跟他有關的。」現在當老師的女友人喝了一口咖啡，喝得很慢，像考慮著怎麼措辭：「他這一陣子好像不怎麼專心。」

「是嗎？」

「我就找他談了一會。」

「他……告訴你什麼了？」

女教師的視線落在她手臂上，天氣很熱，她還穿著長袖的襯衫。

「他說，爸爸常常喝酒……」

「男人嘛，工作上的需要，應酬喝兩杯，難免的。」她拉了拉衣袖，像要掩飾什麼。

「喝醉了，會對你動粗？」

「沒那麼嚴重啦。醉了嘛，有時失了分寸，不是什麼大問題。」

「兒子呢？有沒有……」

「當然沒有，他不會對孩子怎麼樣的，他是個好父親，真的，我不騙你。」

「好吧。」做老師的嘆口氣：「要是需要幫忙，你可以隨時來找我的。」

「我知道。」

「其實不需要我多說，你有足夠的智慧——」

「你真的不要為我操心，我知道該怎麼做的。」

「那就好。還有，提醒他別喝太多，不要讓孩子擔心，他很敏感，又是這樣的年齡。」

她用力點頭，當老師的朋友也就拋開不愉快的話題，聊起家常來。她這才看到外面街上有幾個穿著制服的人，不知在忙些什麼。

「是對面那棵樹，」咖啡店老闆告訴她們：「前幾天大風雨，吹斷了兩根樹枝，比手臂還粗，砸壞了一部機車，幸好沒傷人，現在管理路樹的部門派人來檢查。」

「檢查之後會怎樣？」

「看看這棵樹安不安全吧，會不會有倒塌的風險。」

「如果不安全呢？」

「八成是要砍掉的吧。」老闆說著，就招呼別的客人去了。

她呆呆地看著那棵樹，似乎陷入深思，女教師奇怪地問：「有什麼事嗎？」

「沒事，只是想起有個朋友說過，他小時候在那棵樹附近迷了路……。」

「小時候？那是很多年以前的事了？這裡的樹都很有歷史喔。」

❖ ❖ ❖

女教師再回到咖啡店，是一個禮拜後的事。

「公安已經有來調查過了。」咖啡店老闆對她說。

「我聽說了。」女教師說：「因為這是她最後來過的地方。你怎麼跟公安說呢？」

「沒什麼有用的線索，就他們母子倆來這裡坐了一會，兒子十二、三歲吧，應該是剛上中學的年紀。」咖啡店老闆說：「你和她很熟？」

「我們是同學，我現在教書，她兒子是我的學生。」

「聽公安說……」老闆遲疑著：「好像還牽涉到家暴？」

「我也懷疑過，問過她，她沒有承認。」

「那麼就是離家出走嗎？會不會回娘家了？」

「公安第一時間就到她娘家查過了，沒有。」

「那她還能去哪裡？難道是……」

「尋短？誰也不敢說。」女教師嘆口氣：「可是根據我對她的了解，她絕不是那樣的人。那天他們來這裡，有沒有什麼不尋常的地方？」

「看不出來。」也許店裡生意一向不怎麼好，老闆才有餘暇注意客人的舉動：「母子倆好像在談哪部電視劇。」

「電視劇？」

「對呀，最近不是流行穿越劇嗎？我聽到他們在談這個，做媽媽的還說，只要你集中注意力，就能穿越時空障礙什麼的。」

「是念力那一類的嗎？」女教師說：「好像有一部舊片子就是這個劇情……，可是這跟她的失蹤又有什麼關係呢？」

「除非她穿越去了另一個時空。」老闆說完，被女教師瞪了一眼，才發覺不應該拿這個來說笑，不好意思地搔搔頭皮：「總之當時他們的心情好像很輕鬆，然後兒子就去上學，媽媽又坐了一會才離開。」

「離開後就失蹤了。」女教師望向門外，好像目送著她朋友的背影離去，忽然驚呼：「咦，那不是她嗎？」

「什麼？在哪裡？」

「馬路對面，那棵大樹旁邊。」

❖ ❖ ❖

「你跑到哪裡去了，這幾天？我們都擔心死了。」

「沒走遠，只是想一個人靜一靜。」她接過老闆送來的熱騰騰的咖啡：「原來沒有想像中的那樣容易。」

「什麼沒想像中的容易？你在說什麼？」

「很多東西，不是說放棄就可以放棄的。很多問題，不是逃避就可以解決的。」她說：「所以我回來了。」

女教師看著她，她兩眼炯炯有神，女教師記得，以前念書時，每次她解破一道棘手的數學題，就會這樣兩眼發亮，彷彿武俠小說中的人物，功力又增進了一層。不知道她這幾天經歷了什麼、領悟了什麼、勘破了什麼，現實中的問題可能還沒有解決，但她顯然已胸有成竹，知道該怎麼處理。

「你想通了就好。」女教師只能這樣說。

她微笑，問一旁的咖啡店老闆：「那棵樹怎樣了？那天有人來檢查……」

「啊，聽說發現樹身有蟲害，那場大風雖沒把它吹倒，樹根也鬆動了，所以決定要砍下來，然後樹根也整個挖掉。」

「這樣嗎……」她輕輕嘆口氣，向著門外微微舉起了咖啡杯，像在跟什麼告別。

告別

這家咖啡店的椅子真舒服，這是我喜歡來這裡坐的原因之一。有的咖啡店故意使用坐起來不舒服的椅子，以免客人一坐下來就不想走，這一家的老闆顯然沒這麼想，也許是他缺乏商業頭腦，也許是他不介意客人多坐一會。

不管怎麼樣，今天是我最後一次到這裡來了，所以我要盡情享受在這裡的每一分鐘。

最初發現這家咖啡店，那是三年前吧，覺得這裡人不多，環境清靜，當時我是有意把這裡當作工作室的，一開始真的是雄心勃勃，三天兩頭來這裡泡，要動筆寫我那本史詩巨構的小說，結果拖拖拉拉只寫了不到一萬字就停了下來，在咖啡店的時光大部分是發呆，或看外面街上的行人來往，常常一個字都沒寫，一天就這麼過去了，令我分心的原因主要是店裡的書櫃，誰開咖啡店還會在店裡擺個書櫃呢？來過幾次我才明白：書是讓客人喝咖啡時隨意拿來看的，沒看完要帶回家也沒關係，甚至帶回家看完了不還給咖啡店都無所謂。

那些書多半是文學類的，不乏名家作品，可見老闆的品味不俗，可惜至今我都不知道他叫什麼名字；寫作不暢順的時候我就到書櫃前翻翻，找本書來看，希望能啟發一下靈感，但一看就不能自拔，何況看了大師級的作品更令我自慚形穢，寫作當然是完全沒有進展，這段時間我勉強能完成的只是幾首短詩，以及兩、三個短篇小說而已。

另一個稍微讓我分心的原因，是櫃台後面的小姊姊，尖尖的下巴，脾氣很好，說話細聲細氣的，她好像是老闆的什麼親戚，不是每天都在店裡，只有當老闆有事要辦，不能看店，才找她來當替工，她不在的時候我會有點失望，不能專心寫作，可她在的時候我還是心神不定，同樣不能專心寫作。我知道這和抱怨書櫃的書太好看一樣，都是為自己找藉口，何況那段時間我也不是沒有女朋友。

咖啡店於我的另一個功能，是約會女孩子的場所。在這段時間交往的有兩個，其中一個臉上有雀斑的和我比較談得來，本應有可能發展下去的，不過最後還是無疾而終，分手時我還有點依依不捨，只是當時以為自己還年輕，還會有很多機會，早知道這樣，我說什麼都會好好珍惜她的。

但現在說這些又有什麼用？錯過的都已經錯過了，我不可能再見到她們，不能告訴她們什麼了。

這家咖啡店雖說客人不是很多，但我還是遇見過一些有意思的人，雖然從來沒和他們交談過，好像有個也是來這裡寫作的女人，總是埋頭疾書，寫得似乎比我勤快；一個失智的老頭，三天兩頭來這裡坐，常常要店裡的人打電話叫他家人來領他回去；另外還有幾對情侶模樣的，我暗地裡觀察他們，為他們編造一些故事，也真的寫成幾個極短篇在報上發表；最好玩的是有一次我還碰上兩幫黑道的混混來這裡，好像要談判的樣子，害我那天咖啡都沒喝完就匆匆走了，幸好後來咖啡店也沒被他們砸掉。

我伸個懶腰，坐了大半天，該走了，外面的陽光很暖和，我推門而出，卻不捨得就這樣離開，在門外站著，心想有根菸抽就好了，這時咖啡店老闆走了出來，手上拿著三炷點燃了的線香。

咖啡店門前一棵行道樹周圍擺了一些鮮花，咖啡店老闆把香插在樹旁的泥土裡。一個多月前這裡發生了一宗致命車禍，除了鮮花，樹旁也有十字架和念珠，都是陌生人擺放的，對不幸遇難的逝者略表哀悼，卻完全不理會逝者有沒有宗教信仰，我覺得很滑稽。

「這是車禍的現場嗎？」一個年輕女子不知何時悄悄走過來，站在彎腰插香的老闆旁邊，我只看到她的背影。

「是啊。」老闆直起腰：「今天七七。」

「我昨天才聽到消息。……你和死者很熟嗎？」

「沒有啦，常常來我這裡喝咖啡而已。你認識他？」

「和他一起喝過咖啡……你大概不記得我了。」

「要不要進來坐坐？」老闆可能不記得客人了，可沒有忘記自己是開咖啡店的，不會放過做生意的機會。

她點點頭，轉身跟著老闆進了咖啡店，坐在我以前常坐的位子，隔著玻璃窗，隔著站在玻璃窗前的我，她怔怔地看著行道樹邊的物件，半晌，一滴淚水緩緩流下，流過她臉上的雀斑。我的心一陣痛，很想進去抱著她，叫她不要傷心，但她已再看不見我，我也沒辦法再跟她說什麼了。

真的要走了，我在心裡向他們告別：再見，不知名的老闆，謝謝你美味的咖啡和書櫃裡的書；再見，臉上有雀斑的女孩，謝謝你還記得我、回來看我．為我流淚；再見，櫃台後面的小姊姊，可惜我們沒有機會好好認識彼此；再見，我那永遠沒完成的史詩巨構小說，反正寫出來也不會有人要讀；再見，所有留下鮮花、念珠、十字架的陌生人，雖然我沒有任何宗教信仰，還是要謝謝你們。再見，我真的要走了，再見。

輯六

文物

咖啡店近門處有個櫃子，只有下巴那麼高，放滿了書，旁邊一張空桌子，桌面上卻擱著一杯剛泡的咖啡，散發著絲絲熱氣，像在等待什麼人。

他坐在咖啡店的另一邊，難耐興奮之情。每次收到有人捐贈的歷史文物他都有這樣的感覺，等不及要看看人家送出來的是什麼東西，背後有著什麼樣的感人故事？

名為歷史文物，其實多半只不過是一些家常用物而已，這兩年來他成立了一個收藏館，四處徵集當地華人家裡有點歷史價值的物件，同時挖掘它們的來歷，可能是一個放嫁妝的箱子，可能是一本紀念冊，可能是某個不知名藝術家的作品⋯⋯，每一件物品的背後，往往是兩、三代華人在這片土地上辛勤耕耘付出的血汗淚水，從來不為人知，他的目的是把這些故事細細地記錄下來，呈現出一部華人同胞的奮鬥史。

他約見的人來了，是一個看起來五十多歲的女人，肩上掛著一個大包包，裡面想必就是要捐贈出來的文物了，這個年齡層的人拿出來的東西會是什麼呢？她自己的可能歷史不夠悠久吧，那麼就是上一代的，另一個政權、另一個時代的文件啦證書啦等等，也可能是長輩自己的或珍藏的書畫，小心查探一下也可能從中發現一些重要人物的名字，一些意想不到的驚喜，這樣的事過去也不是沒有發生過。

女人坐下來，叫了咖啡，寒暄兩句就轉入正題。

「請你先看看這個。」她從包包裡取出兩張照片，放到他面前。大概是舊黑白照片翻拍放大的，在上面的一張是很平常的生活照，看來是一家人的父母親和三個子女，最大的不超過十歲，被燦爛的陽光照得瞇起了眼，卻人人都笑得比陽光還要燦爛，他再看看背景，輕易認出那是幾十年前的動物園。

他有點失望，這種照片太平常了，沒有收藏的價值，除非裡面的人物有什麼特殊身分或不平凡的經歷。他再看下面的一張，還是黑白照，同樣的一家五口，從小孩的年齡看得出和第一張隔了幾年，但臉上的笑容不見了，每個人眼中都流露出明顯不安的神情，就連最小的小女孩也不例外，與上一張的幸福家庭形成強烈的對比。

他抬起頭，她叫的咖啡已經來了，他看著她，用眼神詢問：這樣兩張照片，有什麼值得紀錄並流傳給後世的故事？

她喝了一口咖啡，緩緩開口：「照片中最小的女孩就是我。」

他點點頭，看得出來，她的臉型、下巴都沒太大的改變。

「第一張在動物園，那時還在打仗，可是你看我們笑得多開心。」她唇邊泛起微笑，彷彿還感受得到久遠以前那一天燦爛的陽光，全家人一起去動物園，應該是不常有的活動，所以印象特別深刻，幾十年後她還清楚記得和父母兄姊在一起的歡樂時光。「第二張是好幾年之後，那時我們已經很少有機會拍照了，這一張是專門拍了來和文件一起交上去的。」

「什麼文件？」他問，邊在心中推算著照片拍攝的確切年份。

「登記回中國的表格。」她看著他的眼睛：「你知道吧？那時你還沒出生，但總該聽說過吧？中國和我們的關係惡化，吵來吵去，衝突不斷升級，最後索性打了一仗……這是開戰之前，中國說要派船來撤僑，政府發下表格要我們登記，連同家人的照片一起交上去——」

他吸一口氣。這些他都知道，但不是他要挖掘的故事，這題材太敏感，是禁區。他把照片推回去，還沒來得及說什麼，她已經又從包包裡取出另一件東西，放到他面前，竟然是一個枕頭，從尺寸來看是小孩用的，枕頭套原本應該是粉紅色，但已發白泛黃並有水漬，顯得髒兮兮的，他皺起眉頭。

「這是我的枕頭，」她不理會他的反應，逕自說下去：「十二歲那年，這個枕頭陪著我，睡過許許多多陌生的床，沒有床就睡在地板上，每一、兩天就換一個地方。你知道為什麼嗎？」

他不語。

「因為我不能回家了。我爸爸的店鋪被清算了，所有貨物、積蓄連同房子都被充公。我爸爸，一個老實的生意人，開間僅可以餬口的五金鋪，卻被打成資產階級，我們被送去新經濟區，然後又逃回來，一家人像通緝犯一樣，四處找地方躲藏……」她說：「你知道我爸爸的五金鋪在哪裡嗎？就是這裡，就是這家咖啡店！所以我才約你來這裡見面，這裡本來就是我的家！」

「那是政府過去犯下的錯誤，你沒必要——」他擺擺手，想阻止她說下去，但她根本不理會：

「我媽媽告訴我：抱緊我的枕頭，千萬不要給人家搶走，所以我一直死命抓緊它，那些人看我是個小孩，就沒計較，後來才知道，我媽媽已事先把一些金飾藏在我的枕頭裡，憑那些金子疏通了地方政權，才在市內謀得個棲身之地，但誰都不知道還會發生什麼事，晚上都睡不安穩，所以我們巴不得中國快點派船來接我們，只要能離開這個鬼地方，去哪裡都無所謂，誰知道全是騙人的……」

她從包包裡掏出另一件東西。

那是一個收音機。大概是六、七十年代的款式。

「已經沒辦法收聽廣播了。」她說：「被抄家的時候，收音機正好壞了，拿去修理，才沒被沒收，後來又回到我們手裡，我們用它來收聽外國電台的廣播，BBC、VOA……總之就是反動的外國勢力。因為他們會報導我們想知道的消息，他們會報導每一條安全到達彼岸的船隻的編號。你也聽說過吧？你知道那個年代發生過什麼事的吧？你也有長輩、有親戚經歷過那一場的吧？」

他不是沒聽過那樣的故事，也的確有親戚憑著單薄脆弱的小船偷渡出海，但他從不覺得他的收藏館應該收藏和那些事件有關的物件，收藏館的物件要反映當地華人奮鬥的光榮歷史，要正面、要有啟發性，最重要的，不能破壞團結，不能傷害民族感情，不能令國家丟臉。

「我爸爸每天聽他們的廣播，就是想聽到一個船號。我哥和我姊乘搭的那艘船。」她用拇指和食指轉動著收音機上一個轉換頻道的旋鈕，一道紅色的線隨著她手指的動作來回移動：「一天又一天，一個月又一個月，我爸爸守在收音機旁，像握著獎券等人家讀出中獎的號碼，但那個號碼始終沒出現。」

她喝光了杯中的咖啡。「一直到現在，爸爸媽媽都過世了，我們還是不知道發生了什麼事，我們永遠不會知道，我哥我姊遭遇了什麼。」

他搖搖頭，站起來：「對不起，我不能接受你這些……物件。這和我們的理念不合。而且，你說的那些事情，都已經過去了。我們不應該……」

「都過去了，是的，所以才叫歷史。」她打斷他：「你不是要蒐集故事、保存歷史嗎？這就是歷史。可能不是你需要的歷史，不是你願意聽到、願意承認的歷史，但那都是真實發生過的事，不會因為你不看不談，它就不存在。」

他不再理會她，向門口走去，走得那樣急，像要逃避什麼，逃避一些他無法控制也無法改變的事情。

像歷史。

訪問

老人叫了第二杯咖啡，和他約定的年輕女記者才匆匆推門進來。

「不好意思，臨時有點事，您等了好久？」

「沒關係，我又不趕時間。」老人看她一眼：「你做這一行沒多久吧？」

「您怎麼知道？」記者叫了咖啡，拿出記事本、資料夾、手機等等。

「來訪問我這樣的角色不是美差，通常要重點介紹的企業，或者要表揚的什麼個人先進楷模、哪個行業的代表人物，訪問完畢之後記者都有紅包可拿，那些差事，都分配給資深記者了吧，只有入行不久的才會被派來應付我。」

「您好像對這個行業很清楚嘛。」

「我認識幾個在報社工作的朋友，聽他們說的。」

「其實也不是啦……」記者說：「報社方面很重視這個訪問，是要配合即將完成的紀念碑刊出的，您知道，就是那個紀念當年集結北上參加革命的南方戰士部隊……」

「我知道，我哥就是那時候到北方去的。」老人說。

「可惜他已經去世了，所以來訪問您，您還記得他集結北上前後的事嗎？」

「細節不記得了……那時北上的一共多少人？一萬多？十多萬？」

「十幾萬，是的。」

「才十幾萬。」老人冷笑一聲：「同一時間從北方也有人移居到南部，你知道總共多少人？」

記者搖搖頭：「那時國家分裂，人民自由選擇定居的地方，南下的比北上的人多，似乎是。」

「一百多萬！」老人舉起一根食指：「集結北上參加革命的只有十幾萬，南下的反而有一百多萬，要建什麼紀念碑的話，他們不是更值得紀念嗎？」

記者有點尷尬地笑笑，這顯然不是她要談的話題，老人又說：「北上和南下的人還有本質上的分別，你知道是什麼？」

「您說的是……」她小心地選擇適當的字眼：「意識形態方面的？」

「集結北上的，都是部隊、戰士，到北方是受訓，準備打仗的，南撤的北方人呢，不惜離鄉背井，就單純只是要謀求安定的生活、能好好過日子……」

記者有點不自在，換了個話題：「聽說您父親也是參加革命的？」

「我父親參加過抗法活動，你可以說我們家族有革命傳統，我哥去了北方，我留下來，也暗地裡幫助過游擊隊，派發傳單、印製地下報刊，不過那些你的資料裡應該都有吧？其實我那時哪裡懂什麼革命不革命的，大人吩咐我這樣做，我就照做了。」

「您還獲頒一等抗美勳章，我記得。」

「還分配到了一幢房子。」老人看著咖啡店外面：「就在對面的巷子裡。算起來我在這一區住了也有快五十年了……」

「所以已經是老街坊了。街上的面貌也改變了很多吧？」

「剛搬進來時，鄰居們知道我的背景，都不怎麼理睬我，很長一段時間都不跟我打交道。」

記者看著桌面上正在錄音的手機，好像猶豫著該不該把它關掉。

「還有這家店，」老人抬頭看看四周：「我剛搬來時，這裡是一家五金店，後來被清算了，店主一家人被送去新經濟區，我記得當時在街上看熱鬧，看著他們被押上車送走，一家人哭哭啼啼，最小的小女孩手上還抱著個粉紅色的枕頭。」

記者沒答腔，老人也不理她，自顧說下去：「我正看時，有人靠近我身邊，低聲對我說：現在你知道我們為什麼要逃下來了吧？我認得他是巷子裡的鄰居，姓林，當年從北方下來，那一百萬多人的其中一個。我搬來兩、三年，那天是他第一次跟我說話。」

「那些年，」記者小心翼翼地說：「我們國家遇上了不少挑戰，經歷過不少困難，也有不少同胞對國家失去了信心……」

「我真的是失去了信心，所以一有機會我就偷渡去了。」

記者驚訝得一手掩住嘴巴：「您……？」

「你的資料裡沒有這一部分吧？」老人滿不在乎地笑笑：「其實沒什麼好隱瞞的，那幾年有腿的人誰不想逃？不單我，還有我哥，只不過我們運氣不好，被抓回來，坐了幾個月牢。」

「後來呢？」

「後來不敢再試了。」

「偷渡是很危險的。」

「可照樣還是有人偷渡，你知道有多少人嗎？也是超過一百萬！沉船死掉的就沒法計了。他們不也值得建一座紀念碑嗎？」老人喝一口咖啡：「不過我不敢再試，倒不是因為害怕海上風浪險惡。」

「其實您這樣的經歷也是值得寫的，」記者說：「意志不堅定、對國家失去信心，想偷渡到外國，最後終於覺悟，決定留下來建設國家，這樣的故事更勵志——」

老人大笑起來，店裡僅有的幾個客人都轉頭看著他，記者知道自己八成說錯了話，只好閉上嘴巴。

「我哥有個戰友，」老人笑夠了才說：「偷渡到了馬來西亞，在難民營時被人認出是解放軍，幾個人圍住他揍了一頓，他也不敢還手，結果挨了揍，身分也暴露了，當然被遣返。我有自知之明，在外面要是被人認出來也是同樣的下場，所以才死了心——當然你也可以說這是我的覺悟：我不想在難民營被人活活打死。」

「怎麼動手打人呢？那些人也太凶狠了。」

「凶狠？」老人挑起一邊眉毛：「你沒看到那個抱著小枕頭、哭著被趕出家門的小女孩。你知道我當時是怎樣的感覺嗎？我是一個人民戰士，我一直都以這個身分為榮，可是在那一刻我感到羞恥極了，我為我的同胞戰鬥，為的是人人都有好日子過，我的同胞不只是被難民打得半死的前解放軍，也是打人的難民、是南撤下來的老林、是抱著枕頭被趕出家門的小女孩、是每一個死在海上的偷渡者，他們都是我的同胞。但後來我才知道，我的同胞有多麼憎恨我。『人民戰士』是一個被人民唾棄的身分。」

記者不知怎麼答話，半晌才小聲地說：「好在那些都過去了。」

「前些時你們報上不是有報導一個什麼企業家？記者訪問時才發覺他原來是軍人出身，軍階還不低，但從不對外公布，所以很多人都不知道，記者還讚揚他行事低調。低調？是怕解放軍的背景會惹人反感吧。」

「那篇報導我知道，不是我寫的。」

「當然，訪問大企業，有紅包可拿，輪不到你。」老人看看記者的記事本，那上面大半是空白的：「我沒紅包給你，就請你喝杯咖啡好了。今天的訪問沒什麼用吧？不過訪不訪問都是一樣的，稿子你早就知道該怎麼寫，反正我剛才說的這些，你寫了也不能刊出來。你就看著辦吧。」

記者沒再說什麼，喝光了她的咖啡，把東西收拾好，就板著臉告辭了。她前腳才走，咖啡店另一角就有個客人站起來，捧著咖啡杯坐到老人面前，剛才記者坐的位子：「剛才你說的那些，她會寫出來嗎？」

「當然不會。」老人搖搖頭：「就算她寫了，報社一定也會刪掉。不過我也不是要她寫出來，我只是要她知道我們這一輩人是怎麼想的，她聽到了，希望她會記住，這樣就夠了。」

「要是她向上面打你的小報告呢？」

「沒事的，老林，我這樣的老頭，發兩句牢騷，算得了什麼？」

「你不要緊，只怕連累你孫子不能出國念書。——他什麼時候去加拿大？」

「不會有影響的，他下個月就上飛機了。」老人開始喝他的第三杯咖啡：「我叮囑過他，在那邊好好念書，畢業之後他如果想回來，做點有用的事，那當然很好，但要是他覺得這個國家已經沒有希望了，想申請永久居留，在外面過點像樣的生活，再也不回來了，我也不會反對的。」

逃難

新冠元年，她第三次來到這個舊時的首都。

第一次來這裡是四十多年前，她才不到十歲，內戰也差不多打了那樣久，本來時急時緩的戰況，因為敵軍忽然發動大規模的總攻擊，一下子轉趨激烈，敵軍攻占了他們的城市，他們一家人向後方撤退，投靠首都近郊一位親戚，只住了一個禮拜，國家軍又守不住了，只好繼續逃，逃進首都，這裡他們沒有熟人，跟著親戚住進了一個朋友的家，房子並不大，擠進了幾家人，都是她不認識的，那幾天大人們神色凝重，圍著唯一的收音機聽最新的戰況報告，配著外面的隆隆砲聲，更令人惶惶不安，晚上也不敢開燈，四周黑沉沉的像一場醒不過來的噩夢。

終於有一天早上，砲聲安靜下來，爸爸對她說：「我們可以回家了。」臉上卻沒有半點喜悅。

他們從躲了幾天的房子裡出來，外面街上都是人，有的笑逐顏開，有的愁眉深鎖，也有的像爸爸那樣木無表情。內戰就那樣結束了。

這還不是他們最後一次逃難。

過了幾年她又跟爸爸到首都來，首都已不再是首都了，城裡的馬路很寬，但車子很少，而且都是腳踏車。爸爸想把戶口移到首都，帶著她跑了幾個機關，不住向穿著制服板著臉的人哈腰陪笑臉，那些人才好像施捨什麼似地在爸爸交上去的文件上蓋印。

要辦的手續終於辦妥了，爸爸鬆了一口氣，在一家咖啡店坐下來，街上冷冷清清的，和幾年前她見到的終戰熱鬧景象大異其趣。爸爸指著馬路對面一幢房子對她說：「就是那裡，還記得嗎？」

「什麼？」她不解。

「那年我們和你表叔一家在那裡住過的地方呀。」

她一點都不記得了，那幾天他們都關在房子裡，從來沒有好好看過外面是什麼景象，她連大門是什麼顏色都不知道，那一列的房子又都長得差不多，他們幾年前待過的那間，現在大門關著，門上貼著一張紙。

「裡面現在都沒人住了吧……」爸爸像是自言自語：「他們是做生意的，應該是清算過了，房子也貼了封條。」

店鋪被封了，招牌還沒拆下來，她看到招牌上除了店名，還有街名和門牌號碼。

結果他們也沒搬到舊首都，回到家鄉後，日子越來越難過，船民潮來了，他們隨著滾滾狂潮出海，在難民營住了幾個月，最後定居在多倫多，這一次逃難的過程雖然更辛酸，但一家人完好無缺，算是不幸中的大幸。

他們在原居地已經沒有什麼親戚了，所以即使後來改革開放，她也不急著要回去看看或探望什麼人，直到離鄉將近四十年，才和丈夫子女第一次踏上歸途。

丈夫老家在以前的首都，所以他們主要是停留在這裡，一天丈夫去探望舊友，她便一個人在街上閒逛，儘管對首都的街道不熟悉，又隔了這麼多年，她仍能憑記憶中的街名找到當年和爸爸喝咖啡的地方，並不訝異以前的咖啡店現在已經是一家旅行社，但當她回頭望向馬路對面，卻發現那間收容過他們一家人的房子，現在反而是一家咖啡店了。

真是滄海桑田啊。她感嘆著，進去叫了杯咖啡，順便歇歇腳。她本來對這座房子並沒有太深刻的印象，只是知道自己很多年前曾經在這裡待過幾天，彷彿也就有了特殊的感情。逃難就是這麼回事吧，素不相識、不同背景的人被環境所迫，別無選擇地必須在陌生的地方生活在一起，不管是這座舊房子，還是後來她經歷的難民營，都是這樣。

付帳時，她看見櫃台後面的架子上有一部收音機，很古老的款式，有點像當年大人們圍著收聽最新戰況的那一部。

「一個客人給我的，說是配合我這個店的風格。我這個店哪裡有什麼風格了？」老闆笑著告訴她：「收音機本來已經壞了，正巧有人會修理家電，他不知換了個什麼零件，居然把它救活過來，現在又能收聽電台的廣播了。」

老闆接下來的話更叫她驚訝不置：「那位客人和你年紀差不多，還說好多年前她就住在這裡呢。」

原來真的就是她小時見過的那部收音機。電台正在播放輕快的音樂，這個終戰時還沒出生的老闆不會知道：許多年前，同一部收音機夜以繼日吐出來的卻是激烈的戰況，是哪個城市失守、敵軍正在進攻什麼地方……。她忍不住想向老闆打聽那位客人的聯絡方式，因為她已經可以肯定必定是當年收容她們那家人的孩子，但她還沒想到該怎麼措詞，手機就響了起來，是她丈夫，聲音有點慌張：「喂，你在哪裡？我們要提前回去了。」

「回去？為什麼？發生了什麼事？」

「還不是這個什麼肺炎嗎，聽說多倫多馬上要封城了，總之你先回來再說吧。」

結果他們臨時縮短了行程，匆匆忙忙趕回多倫多，也有點像當年逃難的倉皇。

兩年後，肺炎疫情還是拖拖拉拉的看不到有終結的跡象，另一場戰爭卻在歐洲爆發了，她從電視、從手機上看到數以百萬計的難民扶老攜幼逃離被戰火摧毀的家園，彷彿又看到小時候的自己。

她終究沒有機會聯絡上那部舊收音機的主人，也不知道她長什麼樣子，但那都不重要了，她們的人生重疊的部分就只有那短短的幾天，彼此互不相識，只不過都經歷過同一場生死巨變，一起看過世界毀滅，又都僥倖活下來，繼續過著不同的人生，即使聯絡上了，頂多就像張愛玲說的那樣，互相問一聲：噢，當時你也在那裡嗎？

她想著那些一起逃難的人，從鄉鎮到首都、從難民營到外國……，當然其中也有一部分沒有活下來。

「我也逃過難呢。」她跟女兒說。

逃難是什麼滋味，只有親身經歷過的人才能明白。她希望女兒永遠都不知道什麼叫逃難。

逝水

她站在書櫃前，把每本書都看了一遍，沒有。她不服氣，從上到下又仔細看了一遍，還是沒有。

——到哪裡去了呢？

是這家咖啡店沒錯，這個書櫃就是最好的標誌，開咖啡店還擺個書櫃的沒有幾間，網上那篇文章說得很詳細：咖啡店裡的書多半是文學類，來喝咖啡的客人可以隨意取一、兩本來看，看不完可以帶回家，帶回家看完了不還也沒關係——

那麼，會不會是被人帶走了呢？但她馬上又推翻了這個假設，那本集子根本不是什麼熱門的書，知道它的人屈指可數，又是幾十年前出版的，連作者的名字都湮沒不傳了，誰會對它有興趣？

對這樣一本書有興趣的，除了她自己之外，恐怕就只有網路上那位貼文的人了，那是個有心人，常在他（也可能是她）本人的網誌上發文，寫一些本地的文壇掌故軼事，旁及上一輩或上上一輩的作家詩人，文筆雖有點瑣碎，也幫助她認識了許多以前從來沒聽過的本地作家和他們的作品。

所以當貼文中提到《逝水》這本散文集時，她的驚喜是難以形容的。這是一本對她來說有特殊意義的書，雖然她並不認識作者鹿野本人。更令她高興的是：貼文並非只是談論這本書的作者生平及其時代背景、藝術成就而已，貼文者提到他在一家咖啡店裡偶然看到了這本書——一本發行不廣，而且已經絕版了好幾十年的散文集，還有圖有真相的拍了照片為證，封面設計是藍綠色系粗細不等的線條構圖，正是她這麼多年來念念不忘的圖像。

貼文者也附上了咖啡店的詳細地址，她一看就沒耽擱，馬上趕來，不費什麼工夫就找到了咖啡店和它的書櫃，書櫃上卻沒有她最想看的那本書。

咖啡店的老闆好脾氣地看著她，她才意識到這畢竟是喝咖啡的地方，便隨口叫了杯咖啡，打算等一會再好好把書櫃上的書看一遍，正要坐下來，卻發現書櫃旁邊的桌子上擱了一杯冒著熱氣的咖啡，但不見有人，她只好另找空桌子，一轉身，才看見咖啡店裡面的角落還坐著一個客人，正在翻閱手中的一本書，藍綠兩色的封面，不就是她遍尋不獲的《逝水》？

那是位女客，一頭銀髮，看來有七十歲了，差不多就是作者鹿野的年齡，是他以前的讀者嗎？很可能也是看到了網上的貼文，才來到這裡找出這本書的，要不然不會那麼巧，正好捷足先登拿去了她想看的書。

只好一邊喝咖啡，一邊等她看完了。她耐著性子坐下來。

好在不需要等太久，銀髮女人喝完了咖啡，付了帳要走，卻隨手把書放進了背包裡，她大吃一驚，隨即想起網上貼文提到這家咖啡店的不成文規定：客人可以把書櫃上的書帶走，看完不還也沒關係，這女人要是把書帶走了，誰知道還會不會還給咖啡店？隔了這麼多年她好不容易找到這本書，豈能失之交臂？銀髮女人經過她的桌子時，她鼓起勇氣站了起來：

「不好意思……，剛剛你看的那本書……」

銀髮女人看著她，露出慈祥的笑容，她想她年輕時一定很美麗。

「《逝水》？」她的聲音也很輕柔：「你也看到網上那篇文章了嗎？」

銀髮女人從背包裡把書取出來，她如見故人，書已經很舊了，封面和書脊都有破損，內頁也有黃斑，但這才是它應有的樣子，一本出版了幾十年的書如果還保存得完整如新，那就意味著從來沒有人讀過，一本沒人讀過的書，保存得再完整也是有缺陷的。她翻著書頁，重新讀著那些她已十分熟悉、有些甚至可背誦無誤的字句，好奇過去這幾十年有多少人看過這本書？他們是在什麼樣的環境、以什麼樣的心情來讀它？是看過就算，還是掩卷低迴？他們後來又遭遇了什麼？有沒有再想起以前看過的這本書？讀者在閱讀的時候，書也在閱讀它的讀者嗎？這本書一生浮沉，也看過了不少的故事吧？

銀髮女人果然是鹿野那一輩的文青，「那時有很多詩社文社，我和鹿野是同一個詩社的成員……，你知道他後來的遭遇吧？」

「知道。他當兵，死在戰場上，《逝水》是他唯一的作品集，是他死後文友們為紀念他，把他已發表和未發表過的文章結集出版的。」

「嗯，當時發行量不多，你怎麼會讀到這本書的呢？」

「我也不記得是從哪裡得來的了，只是當時我男朋友剛剛——」她垂下頭，過了這麼多年，那痛楚仍然沒有稍減。她深吸了一口氣，才繼續說下去：

「我男朋友偷渡遇難，聽人家說，船沉的時候已經快靠岸了，他是游泳健將，本可以游到岸上的，但他為了救人，反而……。總之那段時間我很消沉，很萎靡，然後讀到了這本書，裡面有幾篇文字，正好說出了我的心情，就像是作者特別為我寫似的……」

「是的，鹿野的文筆很有感染力，常常能引起讀者的共鳴。雖然他寫的是他那一代年輕人的掙扎和苦悶，但每一代的年輕人都有他們的掙扎，也有他們的苦悶，也許當時你正處於人生的低谷，所以他的文字更能打動你。他要不是死得早，很可能是我們這一輩成就最高的作者，可惜啊……」滿頭銀髮的當年文青輕嘆一聲，又問：「那你不是已經有一本《逝水》了嗎？」

「後來輪到我自己去偷渡，那本書也隨身帶著，結果偷渡沒成功，雖然人沒事，書卻丟掉了，我以為再也沒有機會看到這本書了，想不到……」

「我本來想把書拿回家去作為紀念的，既然它對你有這樣特別的意義，不如就交給你保存吧。」

「不不，」她慌忙擺手：「我只是想再讀一遍，這本書對你應該更有紀念價值，你借我看看就好，看完我會還給你的。」

「書本來就不是我的，不能說還給我，而且也算不上什麼紀念價值……」銀髮女人說：「其實不管有沒有這本散文集，鹿野在我心中已經占了一個無可取代的位置。」

她忍不住問：「你……是他的女朋友？」

「還沒有發展到那個程度。不過那時我們都有一腔對文學的熱忱，以為自己可以寫出劃時代的作品……，鹿野死後，那股熱忱就慢慢消退了。」

「不管怎樣，這本書我還是想借回去看看，」她說：「不過看完後，我會把它放回這個書櫃上。我不想據為己有。書是給人讀的，這一本尤其稀罕，要是我收藏起來，別人就讀不到了，放在這裡，它還有機會接觸到其他讀者……，只是不知道有沒有人珍惜它了。」

「一本書總會找到懂得珍惜它的讀者的。」滿頭銀髮的女人說：「它不是找到你了嗎？」

軌跡

他們素不相識，彼此也沒有說過一句話，因此都不知道：幾十年來，他們的人生軌跡曾經有過幾次悄悄的交會。

軌跡的第二次交會，是那個難忘的歷史時刻，九歲的她站在店門後，把門打開一點點，從門縫中看出去，街上滿滿是人群，一連持續了幾天幾夜的槍砲聲終於沉寂了，人們湧到街上，年紀較大的人多半是一臉茫然彷彿不知如何是好，年輕的人則顯得興高采烈，手中揮舞著不知從哪裡拿到的一面面小旗子，旗子下半藍色，上半紅色，正中央有一顆金色的五角星。他在那群揮舞旗子的年輕人之中，因為長年逃避兵役躲在家裡，膚色顯得蒼白。

她看得出神，忐忑不安的爸爸卻走過來把門關上：「小心點，外面還有人在開槍。」

第三次，他來到她爸爸的店裡，沒遇見她，也沒遇見她家裡其他人，他們一家已經被卡車送走了。他是青年突擊隊員，來清點店裡的貨物。和所有隊員一樣，他精神抖擻、鬥志高昂，知道自己正在執行一項神聖的任務，正在參予一場影響深遠的戰役，雖然沒有槍林彈雨，這場戰役的重要性並不亞於剛剛結束的那場大戰。戰役完成之後，國家將不再有不事生產、只會剝削勞動人民的資本家，不再有唯利是圖的商人，他相信戰役完成之後，一個他們多少年來夢寐以求的太平盛世即將來臨。

再回到這個店來，已經是十多年之後，他的鬢角開始出現白髮，他不記得曾經來過這裡執行任務，青年突擊隊員是一個太遙遠的名詞，而且那時他們要清算的店鋪實在太多了。他只是路過，發現這裡什麼時候開了間舊書店，靠近門邊的書架上有一疊關於無線電的期刊，便進來看看，這些年他都靠年輕時學到的手藝，給人家修理電器維生，也開班教授電工，日子雖遠不如他一度夢想的那樣金光燦爛，但總算是熬過來了。

他拿著一疊電工期刊去付錢時，和她擦肩而過，她沒看他，也沒看一眼書架上的舊書、過期雜誌，她的眼光停留在水泥牆上的釘孔或裂縫、門框上的刻痕、電燈的開關、天花板的水漬，每一個角落都滿載著回憶，每一寸地板彷彿都傳來熟悉的腳步聲。四周的人忙著看書找書，沒人注意到她眼中泛起的淚光，沒人知道，她是這個店鋪原來的主人，這裡本來是她的家。

之後又過去了好些年，舊書店關了，原址變成了一家咖啡店，他不時會來這裡喝杯咖啡，這時的他頭髮更白也更稀疏了，咖啡店的椅子坐起來很舒服，看著外面的街景，他不勝唏噓，一路走來，日子彷彿一成不變，直到幾十年後轉頭一看，才發覺世界已經完全不同了。

一天他進門時，發現櫃檯上擱著一部收音機，很古老的款式，至少有幾十年的歷史了。

「有個客人留下來的。」咖啡店老闆告訴他：「說是當擺設也好，可是收音機都壞了，有什麼好擺設的？過兩天丟掉算了。」

「我給你看看，」他說：「說不定還能修好。」

其實這時的他已經很久沒修理電器了，看見這部收音機卻又技癢起來，花了兩個晚上，他終於把收音機修好，聽到幾十年前的收音機用現代的用語講述熱門的話題，彷彿時空整個錯置了，他想到的卻是小時候常常聽到從收音機傳出來的一首歌，是每期國家獎券開彩前必播的宣傳歌曲，調子輕快，鼓勵老百姓多買幾張獎券，中了獎就可以買房子買車，享用不盡的富貴榮華……

那年他念中學，忽然對電器發生了濃厚的興趣，正趁暑假期間跟一個長輩學習修理家電。他來到這家小五金店，買了幾把小鉗子和焊接用的松香，出來時看見她被媽媽抱著站在門外，滿可愛的兩、三歲小女孩，正朝他做鬼臉，他笑笑，也回了她個鬼臉。那時店裡的收音機就是播放著那首輕快的歌曲，每週一次的國家獎券，馬上要開彩了。

那是他們人生軌跡的第一次交會。

遺作

她捧著咖啡杯在書櫃邊瀏覽：《文化苦旅》、《動物農莊》、《金色夜叉》……這些書她大多都聽說過，卻從沒讀過，《紅高粱家族》家裡倒是有一本，也沒看完，世界上有名無名的著作這麼多，誰能把它們全讀完呢？而其中一大部分，看來在她有生之年都不會有機會讀到的了，生也有涯知也無涯，這個想法令她十分沮喪。

忽然有一本書吸引了她的注意力，她把書抽出來，找了張空桌子坐下。這是一本短篇小說集，每篇篇幅都不長，正適合她這樣懶惰的讀者。她很快讀完了一篇，正在讀第二篇時，忽然有人敲敲她的桌子：

「你怎麼會在這裡？」

她抬起頭，是報社的同事，資歷比她深，平時說不上有什麼交情，她還沒決定要不要出於禮貌地請他喝杯咖啡，他已在她對面坐了下來。

「來看一點書。」她說：「有一次來做採訪，發現這裡的咖啡不錯，還有這個書櫃，常常有些冷門的書……你也來這裡喝咖啡？以前好像都沒見過你。」

「只來過一次。」他驅趕蒼蠅似的揮了揮手，彷彿唯一的一次來這裡喝咖啡是個不大愉快的經驗，令他不願多提：「剛剛經過，看見你，才進來的。書很好看嗎？你一副廢寢忘食的樣子。」

什麼廢寢忘食？她不是邊喝咖啡邊看書嗎？旁邊還有吃了一半的牛角麵包，她想起聽人說過，這位同事說話喜歡用成語，但用得不很到位。「是很好看，但我感興趣的，是這個作者。」她闔起書，讓他看封面上的名字。

「老五？」他皺皺眉：「好奇怪的筆名。」

「以前主任常常提起的，你沒聽過嗎？」

「主任——啊！」他把書拿過去，仔細端詳那個名字，好像現在才認出是那兩個字：「是那個老五。對對，主任有說過的，對他推崇得不得了，老是說他寫得多好多好，反正我們都沒看過他寫的東西，死無對證——」

「就算人不在了，他寫的東西還可以流傳下來，怎能說是沒有對證呢？」她忍不住修改他的成語：「而且他也不一定是死了，應該說是下落不明啦，說他偷渡很多次，但一直沒成功，然後就失蹤了。」她垂下眼：「上次見到主任，是疫情還沒那麼嚴峻的時候……，主任還談起他。」
「所以這本書是他以前出版的嗎？」
「書很新，不像是幾十年前出版的。也沒聽說他以前有出過書。」
「哦？那就是最近的？在外國出版？原來他沒失蹤，這些年都在外國嗎？」
「我看也不像。」她把書反過來，封底封面前後都打開給他看了一遍：「沒有版權頁，沒有出版社，也沒有ISBN書號，這本書八成是自己印刷的。」
「是嗎？封面設計、字體、排版、紙質……都很有專業水準呢，我也見過有人把自己貼在臉書上的文章印個十幾二十份，一本一本訂起來，四處送人留念，也算是過過當作家的癮，但只是影印本，和這個比起來差得遠了，你認為本地印得出來？」
「也不是辦不到的，只要會使用排版的軟件，認識印刷廠的人……」
他掏出手機，對著封面拍了張照片，然後在屏幕上指指點點一番，她訝然問：
「你這是幹什麼？」
「上谷歌搜索它的封面，看看有沒有什麼——嗯，有了，」他凝神看了半晌：
「這是個本地人開的部落格，兩天前的貼文，所以這本書應該是剛剛才出現的……」
她想這沒錯，以前都沒見過這本書。「有沒有說作者現在哪裡？」

他搖搖頭：「只是談到他的生平，就是主任生前跟我們說的那些，沒有其他了。」

「也沒有在別的網站出現？」

「沒有。所以說不定真是本地印刷的。」他打開書，翻了幾頁，臉色就沉了下來：「這些內容，很反動呢。」

「不意外啊，主任不是常常提到，那時已經沒有發表的機會，他還是一直不停地寫作，在那樣的環境下寫出來的東西，現在看起來當然會覺得有點反動……」

「這樣的話，問題就很嚴重了。」

「什麼？」她被他的臉色嚇了一跳：「有什麼問題？」

「不是嗎？私下印製、分發反動文化品，這罪名可不小呢！如果是外國寄回來也就罷了，要是本地印刷的話……」他向咖啡店老闆招了招手，老闆走過來，笑容可掬：「客人要喝點什麼？」

他舉起手中的書，不答反問：「這書你是從哪裡得來的？」

老闆一怔，她在一旁補充：「我們在你的書櫃上找到這本書。」

「是，有什麼不對嗎？」

「這是反動的書籍，你懂嗎？反動！」他說：「你賣書，不先看過書的內容嗎？」

「書櫃上的書不是賣的，也不是我放上去的，誰都可以把自己家裡的舊書放到書櫃上，看到自己喜歡的書也可以帶走……」

「怎麼可以這樣？」他怒不可遏：「你這是掛羊頭賣狗肉……」

掛羊頭賣狗肉？她搖搖頭，他又在亂用成語了吧？但她無法猜測他的原意是什麼：「總之書不知是誰放上去的……」

「你說它反動，沒收就是了，」老闆說：「順便也檢查一下書櫃，看看還有什麼違法的，一併收去，我也不想惹麻煩。」

結果他沒從書櫃上找到什麼，就帶著那本小說集走了。她嘆口氣，覺得有點對不起老闆，便叫了另一杯咖啡，算是某種程度的補償。那本書她只看了不到兩篇，但已明白為什麼主任對作者有這樣高的評價，老五的文筆是真的好，她看的那兩篇都是以船民潮為背景，是她出生之前的事，是她想多了解一些的歷史事件，但「上面」告訴他們那是禁忌、是不可碰觸的話題。她不明白，既然都已經是幾十年前的事了，拿出來說兩句又有什麼關係呢？那些「上面」的人，到底是害怕什麼？

她的老上司，報社的資深主任，以前每次講起老五，總是提到他那段時間寫的一批小說手稿，主任自己也沒見過，是聽作者本人說的，「聽說稿子足足裝滿兩個箱子呢」，她只能想像那兩個傳奇般的箱子，封存著一個時代，一段動盪不安的日子，一個被當今主流漠視、忽略，甚至假裝沒發生過的往昔，剛剛發現的那本書，從內容來看，很可能就是那一批小說稿。她相信那本書中有她渴望知道的一切，可惜老主任染上新冠肺炎不治，沒有機會看到舊日文友的小說稿了。

就算老主任還在世又怎麼樣？好不容易發現的出土文稿，被這樣一個文化官僚拿走了。

她想向咖啡店老闆多打聽一些那本書的來歷，但他剛才這麼一攪和，就是老闆知情，也不可能向她透露什麼了，還可能以為她也是文化官僚，以另一種方式來查探反動分子的資料。

那本書看來還真可能是本地印刷的，但並不表示作者本人還在世，也許是他的家人、晚輩拿出來印，既然印了，就不會只印這麼一本吧？還有沒有放在哪裡像一些行為藝術家那樣，把印出來的書在大街小巷四處擺放，讓讀者去發現？那兩個箱子的手稿，全部都在這本書裡面嗎？還是另有第二冊、第三冊？……她腦子裡滿是問題，卻沒有任何解答。

那個網站呢？她忽然想起，剛才他找到的那個網站，有提到這本書，可惜她沒看到網站的名字。剛才他是用書的封面搜索的，這個她也沒有，唯一的方法是用書名搜一下，那個網站知道這本書的存在，說不定也有其他的資訊，或許能聯絡上印書的人……

應該有辦法打聽出來的吧，她想。

書櫃

店裡空蕩蕩的，原本堆滿每個角落、幾乎填滿每一寸地板的書籍都已打包送走，連一個個書架子也讓人搬走了，只剩下靠門邊的一個書櫃。

書櫃不大，只有他下巴那麼高，約一米寬，分成四層，此刻還有十幾二十本書排列在那裡，像圍城中的士兵、儘管大勢已去、敗局已定，但仍然堅持留守到最後。

玻璃門開了，一個年輕人進來，是接手經營這個店面的，以後這個店就是他的了。

「東西都搬走了？」年輕人看看四周，明知故問。

「都搬走了。」

「那麼多書，你是怎麼處理的呢？該不會……」

「當廢紙賣掉？當然不是，有其他二手書店買去了。」

「那就好。」年輕人說：「還有這個書櫃，你也要帶走嗎？」
「這個書櫃……」他嘆口氣：「我正想問你，可不可以留在這裡？」
「留在這裡？」
「你要開的是什麼？咖啡店，對不對？」年輕人點點頭，他又說：「那麼這個櫃子你也許用得著，用來放一些杯盤或者咖啡粉、罐子什麼的。」
「嗯，」年輕人一手托著下巴，打量了櫃子半晌：「可以的。」
「我只是覺得……」他看著外面的陽光：「這櫃子陪了我幾十年，多半時間都是在陰暗的閣樓上，或者狹窄的房間裡，這裡又明亮又乾爽，它若是有知，大概也不想跟我走吧。」
「幾十年了嗎，這只櫃子？」
「我外公給我做的。他是個木匠，手工很好。」
四歲那年，父親做生意失敗，欠了一大筆債，沒法償還，乾脆走路了，之後就再也沒回來過。母親帶著他回娘家投靠外公和舅舅。他從小喜歡看書，不識字的外公特別為他釘了個櫃子來放書。到了兵役年齡，他就像許多不願去當兵的同齡青年一樣，躲在家裡的閣樓上，以閱讀來打發時間。
舅舅在大街上開了家電器行，日子本來過得不錯，但打完仗後沒幾年，還是被清算了。

「其實那時外國的貨都進不來，舅舅的店已經算是關掉了，可清算的運動一起來，他還是逃不過去。」他找了個木箱，當椅子坐下來，年輕人索性就坐在地上，聽他說那些陳年往事。

「你也知道那場清算運動嗎？」他猜測著年輕人的年齡，那時候他可能還沒出生吧。

「我沒有認識的親友被清算，但聽說過其他人的經歷。」

「舅舅的店鋪在樓下，我們住在樓上，舅舅一家六口加上我們母子、外公，全被趕出家門，除了幾件衣服，甚麼都不許帶走，包括我的書櫃。」他瞇起眼，彷彿穿過悠悠幾十年，又看到了那場浩劫：「其實那時書櫃已經空了，因為怕惹上麻煩，解放軍進來後我就把所有的書都燒光，但書櫃是外公給我做的，我捨不得把它丟掉。」

他停了下來。年輕人看看牆邊的櫃子：「最後你還是把它帶走了？」

「最後我把它扛起來，揹在背上，走下樓梯、走出大門，把櫃子放在門外，我對來清算的人說：這櫃子是我外公親手做的，我外公是勞動人民，這個櫃子沒有剝削任何人的血汗！為什麼你們要搶走它？」

「他們怎麼說？」

「沒怎麼說，兩個人持著步槍把我押走，在不知什麼地方關了一晚，第二天放出來，什麼都沒跟我說，但櫃子是還給我了。」

年輕人舒了一口氣。

「我舅舅一家被送去了新經濟區，我媽四處託人，可能還花了不少錢，好不容易才把我們和外公的戶口留在本市……」

外公去世後，他和母親相依為命，靠在菜市場擺攤過日子，有空的時候他還是看書，那時不少朋友陸續出國，留下一批又一批各種各樣的書，他都收回來，外公釘的櫃子又擺滿了書。好不容易熬到了改革開放的年代，他家裡的書已經裝滿了幾個大紙箱，便找個地方開了家二手書店。

「書都不是用錢買的，感覺上就像做無本生意。開了店之後，還有人繼續把不要的舊書讓給我，每天都有成綑成綑的書進來，店裡都快放不下了，直到——」

他停下來，過了一會才說：「你知道我為什麼要把店關了吧？」

「我聽說了。」年輕人點點頭：「已經開始化療了，是嗎？」

「才做了一次。還沒有什麼副作用。」

「你安心療養，現在醫學昌明，很快就會好起來的，到時說不定你又會來把店討回去了。」

「真好起來，我一定會回來看你的，看你泡的咖啡好不好喝。」他停了一下，又問：「咖啡店，叫什麼名字？」

「還沒決定呢，想了幾個名字，都不很滿意。恐怕要等開了張，你回來看看才知道。」

「好吧，那個櫃子也交給你了。」

「我看不如這樣，」年輕人說：「櫃子也不用來放什麼瓶瓶罐罐的雜物了，就照舊擺在原來的位置，照舊放書，我家裡也有些舊書，可以填滿它的。」

「這樣嗎？……」

「客人來喝咖啡，可以取一本書來看，不是很好嗎？」

「看書的話，會坐很久喔，你不擔心影響你的生意？」

「沒關係啊，愛坐多久就坐多久，書看不完改天再來看，不然就帶回家去。」

「帶走了不用還嗎？」

「不還就不還，就像你說的，不斷會有人把看過的舊書讓出來，這個書櫃是不會空的。」

於是他放心地把書櫃留給新店主，最後一次離開這個店，這個他經營了十多年的舊書店。年輕人目送他的背影在陽光下遠去：「記得回來喝我泡的咖啡啊！」

可是他再也沒有回來。三個月過去了，六個月、一年兩年也過去了，咖啡店的生意不算好，但也不壞，書櫃上的書果然很受歡迎，有人拿來看，有人把書帶走，也有人把其他的書加進來，書櫃更舊了，但仍然堅固結實，屹立不倒。在比較清閒的日子裡，年輕人會泡一杯咖啡，放在靠近書櫃的桌子上，好像開二手書店的老闆就在那裡，邊看書邊品嘗他的咖啡。

醸小說129　PG2887

螳螂

——咖啡店的故事

作　　者　潘　宙
責任編輯　紀冠宇、尹懷君
圖文排版　蔡忠翰
封面設計　王嵩賀

出版策劃　釀出版
製作發行　秀威資訊科技股份有限公司
114 台北市內湖區瑞光路76巷65號1樓
電話：+886-2-2796-3638　傳真：+886-2-2796-1377
服務信箱：service@showwe.com.tw
http://www.showwe.com.tw
郵政劃撥　19563868　戶名：秀威資訊科技股份有限公司
展售門市　國家書店【松江門市】
104 台北市中山區松江路209號1樓
電話：+886-2-2518-0207　傳真：+886-2-2518-0778
網路訂購　秀威網路書店：https://store.showwe.tw
國家網路書店：https://www.govbooks.com.tw
法律顧問　毛國樑　律師
總 經 銷　聯合發行股份有限公司
231新北市新店區寶橋路235巷6弄6號4F
電話：+886-2-2917-8022　傳真：+886-2-2915-6275

出版日期　2023年3月　BOD一版
定　　價　320元

讀者回函卡

Printed in Taiwan

國家圖書館出版品預行編目

螳螂——咖啡店的故事 / 潘宙著. -- 一版. --
臺北市 : 釀出版, 2023.03
面； 公分. --（釀小說 ; 129）
BOD版
ISBN 978-986-445-774-8（平裝）

857.63 111022422